川向こうのひみつ

ばあちゃん、お話聞かせて(1)

小山矩子
Noriko Koyama

文芸社

も・く・じ

本文挿画・小山　矩子

一

ばあちゃんのお話《はなし》

一　ばあちゃんのお話

健《けん》ちゃんとよし子《こ》ちゃんのパパはキルギスという国《くに》で、都市計画《としけいかく》の仕事《しごと》をしています。パパはいないけど、健《けん》ちゃんもよし子《こ》ちゃんもちっともさびしくありません。なぜって？　それは、ばあちゃんの念力《ねんりき》で、いつもお友《とも》だちが集《あつ》まってくるからなのです。

「ばあちゃんの念力《ねんりき》？」。それは、ばあちゃんの子《こ》どものころのお話《はなし》なのです。

健《けん》ちゃんもよし子《こ》ちゃんもお友《とも》だちも、ばあちゃんのお話《はなし》はよその国《くに》のお話《はなし》を聞《き》いているようで『ふしぎの国《くに》』にいるような気持《きも》ちになるのです。

「ばあちゃんこんにちは。ばあちゃんの子《こ》どものころのお話《はなし》をして！」

よし子《こ》ちゃんのお友《とも》だちのまあちゃん、みっちゃんが今日《きょう》もばあちゃんのお

一　ばあちゃんのお話

話《はなし》を聞《き》きに来《き》ました。三年生《さんねんせい》のなかよしさんたちです。

「おやおや、よく来《き》たねえ」

ばあちゃんはそう言《い》いながら、〝えっこらせっ〟とかけ声《ごえ》をかけて縁側《えんがわ》に出《で》てきました。

「ばあちゃんの田舎《いなか》はねえ……」

ばあちゃんは顔《かお》を上《あ》げて空《そら》を見《み》ました。白《しろ》い雲《くも》がぽっかりと浮《う》かんでいます。

「裏《うら》は山《やま》、前《まえ》は低《ひく》い山《やま》があってね。その間《あいだ》を町《まち》へつづく往還《おうかん》（道《みち》）と八坂川《やさかがわ》っていう川《かわ》が海《うみ》に向《む》かって流《なが》れていてね。あとはぜーんぶ田《た》んぼ。どこもかしこも広々《ひろびろ》としていて、どこもかしこも自分《じぶん》の家《いえ》の庭《にわ》みたいで、存分《ぞんぶん》に遊《あそ》んだものだよ」

ばあちゃんは子《こ》どものころを思《おも》い出《だ》したのか、にこにこしています。

「自動車《じどうしゃ》や自転車《じてんしゃ》は通《とお》らないの？」

「みんなのパパやママもまだ生《う》まれていないころの話《はなし》だよ。ひょっとしたら、みんなのじいちゃんやばあちゃんもやっと生《う》まれたころかなあ……」

「昔《むかし》むかしのお話《はなし》ね」

まあちゃんはにこにこしています。知《し》らないお話《はなし》が聞《き》けるのを楽《たの》しみにしているようです。

「そうそう、山《やま》のすそには町《まち》へ行《い》く軽便《けいべん》が走《はし》っていた」

「軽便《けいべん》ってなに？」

「そうだね、今《いま》の電車《でんしゃ》みたいなものかなあ。二《ふた》つつながっていてね。大《おお》きな駅《えき》からお客《きゃく》を町《まち》へ運《はこ》んでいたよ。それに乗《の》れば海《うみ》にだって連《つ》れてってくれる。夏《なつ》になるとね、がたこんがたこんって走《はし》る音《おと》は『海《うみ》においで、海《うみ》においで』『海《うみ》はいいよー』ってさそうのさ。むしょうに海《うみ》に行《い》きたかったたねえ」

「ばあちゃん、海《うみ》で泳《およ》いだことないの？」

気《き》のどくそうによし子《こ》ちゃんが言《い》いました。

「海水浴《かいすいよく》には、ばあちゃんの父《とう》さんに連《つ》れてってもらった覚《おぼ》えがあるよ。そうだねえ。海《うみ》と言《い》えば八坂川《やさかがわ》が海《うみ》へ流《なが》れこむあたりに、しじみをとりにいったことがあるねえ。海《うみ》に近《ちか》いところの川《かわ》のしじみを見《み》たことがあるかい。石《いし》にまじっていてね、見分《みわ》けがつかないほど大《おお》きいんだよ。たくさんとれてね、やめられないのさ。しまいには足《あし》がつかれて、とうとう水《みず》の中《なか》にしゃがみこんでしまってね。オッホッホッホ」

ばあちゃんは楽《たの》しそうに笑《わら》いました。

「とったしじみはお汁《しる》の具《ぐ》にする。うまかったよ」

「いいなあ」

「ほかにどんなことして遊《あそ》んだの」

「往還《おうかん》にそって役場《やくば》、郵便局《ゆうびんきょく》、医者《いしゃ》、それに酒《さけ》や味噌《みそ》、油《あぶら》をつくる会社《かいしゃ》、それだけじゃあないよ。呉服屋《ごふくや》もあった。小学校《しょうがっこう》は坂《さか》を上《のぼ》っていくんだ。そうそう、お菓子《かし》やノートや鉛筆《えんぴつ》を売《う》る店《みせ》もあったねえ。

遊《あそ》んだっていえば、油屋《あぶらや》の倉《くら》に富士山《ふじさん》のように積《つ》んであった菜種《なたね》の山《やま》に登《のぼ》ってすべったことがあったなあ。菜種《なたね》はまだ油《あぶら》ではないのに、つるつるすべるんだよ。登《のぼ》ったりすべったりむちゅうになってしまって。『こらー』ってどなられてあわてて逃《に》げ出《だ》した」

「ばあちゃんて、あんがいおてんばだったんだね」

まあちゃんが笑《わら》いながら言《い》いました。

「ハッハッハッハッハッ、おてんばねえ。往還《おうかん》にはまだまだ、一日中《いちにちじゅう》見《み》ててもあきない家《いえ》があったねえ。どんな仕事《しごと》の家《いえ》だと思《おも》う。当《あ》てられたらえらいなあ。ぜったいに当《あ》てられないよ」

「映画館《えいがかん》？」

「水族館《すいぞくかん》？」

「それって仕事《しごと》なの？　わかった図書館《としょかん》でしょう」

「どれもこれもはーずれ」

ばあちゃんはにこにこしながら言《い》いました。

「それはね、鍛冶屋《かじや》さん、桶屋《おけや》さん、それにかなぐつ屋《や》さん」
「それってどんな仕事《しごと》なの？」

♪しばしも休《やす》まず　槌《つち》うつ響《ひび》き
飛《と》び散《ち》る火花《ひばな》よ　走《はし》る湯玉《ゆだま》
ふいごの風《かぜ》さえ　息《いき》をもつがず
仕事《しごと》に精出《せいだ》す　村《むら》の鍛冶屋《かじや》

（文部省唱歌《もんぶしょうしょうか》）

ばあちゃんは手《て》をたたきながら、しわがれた声《こえ》で歌《うた》いはじめました。
「この歌《うた》知《し》らないかい。鍛冶屋《かじや》さんの歌《うた》だよ。この歌《うた》のとおりだったよ。ふいご（炉《ろ》）の中《なか》から取《と》り出《だ》したまっかな火《ひ》の固《かた》まりをね、トンカチ、トンカチと槌《つち》で打《う》つんだね。そのうち鉄《てつ》の色《いろ》にもどるとまたふいごの中《なか》に入《い》れる。まっかになるとまた取《と》り出《だ》してたたくんだよ。それを何回《なんかい》も何回《なんかい》もくりかえしているうちに、いつの間《ま》にか鎌《かま》や鍬《くわ》になっていくんだよ。ふしぎだったねえ。花火《はなび》のように火花《ひばな》は飛《と》ぶし、見《み》ていると元気《げんき》が出《で》たよ」

「ふいごって火《ひ》の桶《おけ》みたいなものなの？」

「そうだねえ、鉄《てつ》がまっかになるくらいだからすごい火《ひ》の桶《おけ》だねえ」

「鍛冶屋《かじや》さんってほんとうにあったのね。童話《どうわ》のお話《はなし》かと思《おも》ってた」

「じゃあ、かなぐつ屋《や》さんってどんな仕事《しごと》なの？」

「これはね、かわいそうでねえ。馬《うま》の足《あし》に鉄《てつ》の輪《わ》を打《う》ち込《こ》む仕事《しごと》なんだ。馬《うま》は走《はし》るだろう、それに重《おも》い荷物《にもつ》を運《はこ》ぶだろう、だから足《あし》に鉄《てつ》のくつをはかせるのさ」

「鉄《てつ》のくつ？」

「どうやってはかせるの？」

「足《あし》の裏《うら》に鉄《てつ》の輪《わ》を釘《くぎ》のようなもので打《う》ち付《つ》けたんだろうね。ときどき火花《ひばな》がとんで、爪《つめ》を焼《や》くようなくさーいにおいがしてたねえ」

「鉄《てつ》のくつをはかせるから、かなぐつ屋《や》、って言《い》うの？」

「そうかもしれないねえ」

「輪《わ》のようなくつ・・ってどんな形《かたち》なの？」

「ほら磁石《じしゃく》の勉強《べんきょう》で馬蹄形《ばていけい》って教《おそ》わったじゃない」

みっちゃんの説明《せつめい》でまあちゃんもよし子《こ》ちゃんも⊂の形《かたち》を思《おも》い出《だ》しました。

「いたそう……」

馬《うま》がだいすきのみっちゃんは、いたそうに顔《かお》をしかめました。

「桶屋《おけや》さんってなにするの」

「桶《おけ》って知《し》らないかい。今《いま》は色《いろ》とりどりのきれいなポリバケツだのにかわったけれど、昔《むかし》は水《みず》を運《はこ》ぶにも、水《みず》を汲《く》むのにも桶《おけ》がなければ困《こま》った。お風呂《ふろ》の桶《おけ》も、うんと時間《じかん》と手間《てま》をかけて木《き》を削《けず》ってつくったものだった」

「ばあちゃんは桶《おけ》のできあがるのも見《み》ていたの」

「そうだよ。あきなかったねえ。お使《つか》いにいくのも楽《たの》しかった。村《むら》はずれのとうふ屋《や》さんのお使《つか》いなど楽《たの》しみでね……とうふ屋《や》さんの仕事《しごと》もあきずに見《み》ていたよ」

「わたしたちの楽《たの》しさとだいぶちがうねえ」

「ばあちゃんの田舎《いなか》に行《い》ったら、今《いま》でも鍛冶屋《かじや》さんだの、かなぐつ屋《や》さんがいるの。わたし見《み》たい！」

「しばらく田舎《いなか》に行《い》ってないからわからないけど、すっかりかわっただろうねえ。でもね、子《こ》どものころ遊《あそ》んだ山《やま》や川《かわ》や道《みち》は、今《いま》でも残《のこ》っていると思《おも》うよ。みんなに、ばあちゃんの田舎《いなか》の川《かわ》や山《やま》を見《み》せてあげたいねえー」

自慢《じまん》そうにばあちゃんは言《い》いました。

二

川向《かわむ》こうのひみつ

二　川向こうのひみつ

「ばあちゃんの子《こ》どものころのお話《はなし》をして……」

健《けん》ちゃんは、ばあちゃんに言《い》いました。雨《あめ》で今日《きょう》も野球《やきゅう》はできません。

「紘《こう》ちゃんと優《ゆう》ちゃんを呼《よ》んでくるから待《ま》ってて……」

紘《こう》ちゃんも、優《ゆう》ちゃんも、健《けん》ちゃんと同《おな》じ四年生《よねんせい》です。

「なかよし三人組《さんにんぐみ》っていうけど、どうみてもわんぱく三人組《さんにんぐみ》だねえ」

ばあちゃんは、ホッホッホッホと笑《わら》いました。

「今日《きょう》はこわい話《はなし》をしようかのう」

「さんせい！」

「さんせい！」

「こわい話《はなし》ってだーいすき！」

二　川向こうのひみつ

「ばあちゃんの生《う》まれた田舎《いなか》は緑《みどり》の多《おお》いところでね。ちょっと高《たか》い山《やま》と低《ひく》い山《やま》の間《あいだ》を、往還《おうかん》（道《みち》）と八坂川《やさかがわ》っていう川《かわ》が流《なが》れていたって話《はなし》、おぼえているかい。ちょっと高《たか》い山側《やまがわ》は往還《おうかん》にそって店《みせ》や家《いえ》が集《あつ》まっていて、明《あか》るうてにぎやかだった。川向《かわむ》こうの低《ひく》い山側《やまがわ》はいつも山《やま》の陰《かげ》になっていてうす暗《ぐら》い。家《いえ》だって一軒《いっけん》もありゃしない。『子《こ》どもだけで川向《かわむ》こうに行《い》っちゃあなんねえぞ』大人《おとな》がよう言《い》うとった。

行《い》っちゃいけんと言《い》われると、なおのこと行《い》ってみたくなる。みんなはどうだい。そんなことはないかね」

「同《おな》じだよ。何《なに》があるか探《さぐ》りたいよ」

「ぼくたちだったら探検隊《たんけんたい》をつくって探検《たんけん》してやる。なあ紘《こう》ちゃん」

「ぜったい探検《たんけん》するよ」

紘《こう》ちゃんは胸《むね》をはって答《こた》えました。

「そうだろう。ばあちゃんが四年生《よねんせい》の時《とき》だった。お友《とも》だちの武《たけ》ちゃん、政《まさ》ちゃん、それにばあちゃんと、なかよしの数《かず》ちゃんの四人《よにん》で、その探検《たんけん》ってのに行《い》ったのさ」

「それでどうだったの？」

「やはりへんなところだった？」

「川向《かわむ》こうに行《い》くには川上《かわかみ》にかかっている長瀬橋《ながせばし》か、川下《かわしも》にかかっている八坂橋《やさかばし》を渡《わた》らなければならないのさ。ばあちゃんたちは長瀬橋《ながせばし》から探検《たんけん》に出発《しゅっぱつ》した。橋《はし》を渡《わた》ってすぐのところは道《みち》もあって歩《ある》きやすかったさ。どんどん進《すす》んでいくにつれて草《くさ》が多《おお》くなってねえ。夏《なつ》だろう、それはたくさんしげっていたよ。足《あし》を高《たか》くもちあげて一足一足《ひとあしひとあし》歩《ある》かなきゃあなんねえ。

『おいみんな歌《うた》を歌《うた》え！　武器《ぶき》を持《も》て！』隊長《たいちょう》の武《たけ》ちゃんが木《き》の枝《えだ》をふりながら大《おお》きな声《こえ》でどなったよ。みんな、あわてて木《き》や竹《たけ》の棒《ぼう》を探《さが》してね。それをふり回《まわ》しながら、知《し》ってる歌《うた》を片《かた》っぱしから歌《うた》って進《すす》んでいったさ。いばっていたけど、武《たけ》ちゃんもこわかったんだねえ」

「へー、いくじがないよなあ」

「昼間《ひるま》なんだろう」

健《けん》ちゃんと紘《こう》ちゃんが同時《どうじ》に言《い》いました。

「どんどん奥《おく》に入《はい》っていくと木《き》が多《おお》くなってね、昼間《ひるま》なのに、あたりがうす暗《ぐら》くなってきた。川側《かわがわ》も山側《やまがわ》も、木《き》と木《き》の間《あいだ》を草《くさ》がしげっていて道《みち》をふさいでいる。道《みち》なんてありゃあしないさ。『もう帰《かえ》ろう……』って武《たけ》ちゃんに言《い》っても、武《たけ》ちゃんはこわい顔《かお》をしていて、『帰《かえ》る』って言《い》わないのさ。数《かず》ちゃんがそーっとばあちゃんの手《て》をつかんだ。数《かず》ちゃんもこわかったんだねえ。そのうち少《すこ》しだけ明《あか》るいところに出《で》た。みんなはほっとして走《はし》った。そしてあわてて立《た》ち止《ど》まった。

そこで何《なに》を見《み》たと思《おも》う？」

ばあちゃんはきゅうに話《はなし》を止《と》めて三人《さんにん》に聞《き》きました。

「こわい人《ひと》がいたの……」

二　川向こうのひみつ

「人《ひと》さらいがいたの……」

「いいや。木《き》のいっぱい生《は》えた大《おお》きな岩《いわ》があってな。岩《いわ》は穴《あな》のようにえぐられていて、中《なか》にたくさんのお地蔵《じぞう》さまが並《なら》んでいたのさ」

ばあちゃんは低《ひく》い声《こえ》でぼそぼそと言《い》いました。

「なあーんだ。つまんないの」

「石《いし》のお地蔵《じぞう》さまなんでしょう。ミイラじゃないんでしょ」

「ミイラなんかじゃないよ。でもね、岩《いわ》からぽたぽた落《お》ちてくる水《みず》で、どのお地蔵《じぞう》さまもぬれていて、体《からだ》のあちこちに黒《くろ》い緑色《みどりいろ》をしたこけが生《は》えていたさ。

大《おお》きなお地蔵《じぞう》さまだの、小《ちい》さなお地蔵《じぞう》さまだの、首《くび》のとれたお地蔵《じぞう》さまだの、よだれかけをつけたお地蔵《じぞう》さまだの。気味《きみ》が悪《わる》かったよ。

『もう帰《かえ》ろうよ。雨《あめ》が降《ふ》りそうだよ』って数《かず》ちゃんが泣《な》きそうな声《こえ》を出《だ》して、ばあちゃんの手《て》を引《ひ》っぱった。その時《とき》だったよ、ざわざわって音《おと》がしてお地蔵《じぞう》さまが動《うご》いたのさ」

「そしてどうなったの！」

健《けん》ちゃんがおこったように聞《き》きました。

「まっかな顔《かお》で、もさもさの黒《くろ》い髪《かみ》の毛《け》の大男《おおおとこ》が、お地蔵《じぞう》さまの後《うし》ろからにょっこりと顔《かお》を出《だ》したんだ。お地蔵《じぞう》さまの親分《おやぶん》みたいに」

「目《め》がぎらぎらしてた？」

「ぎらぎらどころか、どくどくどくって血《ち》が流《なが》れていたよ。口《くち》からだって……。そのー、血《ち》じゃなくってぶくぶくって泡《あわ》を吹《ふ》き出《だ》していたねえ」

「鬼《おに》だよ！　それって鬼《おに》だよ！」

ついに健《けん》ちゃんが叫《さけ》びました。

「泡《あわ》を吹《ふ》く鬼《おに》って聞《き》いたことないよ」

「それからどうなったの？」

紘《こう》ちゃんはおちついています。

二　川向こうのひみつ

「武《たけ》ちゃんと政《まさ》ちゃんは『出《で》たーっ』って大声《おおごえ》で叫《さけ》んで、すごい勢《いきお》いで逃《に》げ出《だ》した。女《おんな》の子《こ》をおっぽってさ。八坂橋《やさかばし》の方《ほう》へすごい勢《いきお》いで走《はし》っていった」

「来《き》たときと道《みち》がちがうんじゃないの！」

「そうだよなあー。ばあちゃんと数《かず》ちゃんは腰《こし》が抜《ぬ》けそうになって、それでも逃《に》げたよ。むちゅうで長瀬橋《ながせばし》の方《ほう》へ逃《に》げた」

「……」

「……」

「……」

「そりゃあこわかったよ。ばあちゃんも数《かず》ちゃんも『わあわあ』泣《な》きながら、やっとのことで橋《はし》にたどり着《つ》いたさ」

「それからどうなったの。追《お》っかけてこなかったの？」

「鬼《おに》がいたって言《い》うの、あれうそだったの？」

「いいやたしかにいた。まちがいないさね」

「血《ち》を流《なが》したり、泡《あわ》を吹《ふ》く鬼《おに》はどうしたの？」

「たしかに見《み》たんだけどなあ。追《お》ってこんかったなあ」

「鬼《おに》のこと家《いえ》の人《ひと》に話《はな》したの？」

「いいや、四人《よにん》はあのことについて、だあーれにも、なーんにもしゃべらなかった……。大人《おとな》に話《はな》すわけにゃいかんだろう。行《い》っちゃいけねえとこに行《い》ったんだもんな。あとで聞《き》いた話《はなし》だが、あそこは川《かわ》に流《なが》されて死《し》んだ人《ひと》の流《なが》れつくところなそうな。川《かわ》のよどみになっているんだろうねえ。流《なが》されて死《し》んだ人《ひと》のたましいをしずめるため、おまつりしたお地蔵《じぞう》さまなんだそうな」

「……」

「……」

「……」

「ひょっとしたらあれは、お地蔵《じぞう》さまをまつった家《いえ》の人《ひと》が、草刈《くさか》りをしていたのかもしれないねえ」

三　さるすべりの穴《あな》の中《なか》

三　さるすべりの穴の中

　ここのところ毎日《まいにち》の雨《あめ》で、健《けん》ちゃんもよし子《こ》ちゃんも家《いえ》の中《なか》ですごしています。ママが「ほんとうによく降《ふ》ること」と言《い》いながら、ジュースを持《も》って居間《いま》に入《はい》ってきました。

「健《けん》ちゃんもよし子《こ》ちゃんもさるすべりの木《き》って知《し》ってるかい？　ほら、夏《なつ》になると濃《こ》いピンクの花《はな》をいっぱいつけて……。木登《きのぼ》り上手《じょうず》のおさるさんでもすべるって言《い》う、幹《みき》のつるつるしたあの木《き》さ。近《ちか》ごろ街路樹《がいろじゅ》でもよく見《み》かけるねえ。白《しろ》いのもあるよ。さがしてごらん。

　ばあちゃんの生《う》まれた家《いえ》の庭《にわ》にそのさるすべりの木《き》があってね。それは大《おお》きな木《き》で、枝《えだ》が屋根《やね》にもとどくほどだった。ところがその木《き》には下《した》から一《いち》メートル四《し》、五十《ごじっ》センチほどの高《たか》さのところに穴《あな》があって、夏《なつ》みかん三個《さんこ》ぐらいの大《おお》きさだったけど、深《ふか》くってねえ。ビー玉《だま》やおはじきの秘密《ひみつ》のかくし場所《ばしょ》にしてたこともあったねえ」

「あれは梅雨《つゆ》の雨《あめ》だった。今年《ことし》の梅雨《つゆ》のように昨日《きのう》も今日《きょう》も、つぎの日《ひ》もつぎの日《ひ》も雨《あめ》。しとしと、しとしとと、雨《あめ》が降《ふ》り続《つづ》いた。『今年《ことし》ん梅雨《つゆ》はおかしい』『川《かわ》ん水《みず》が上《あ》がらにゃいいが』と、近所《きんじょ》の人《ひと》たちは雨《あま》ガッパをかぶって八坂橋《やさかばし》へ行《い》った」

「雨《あめ》が降《ふ》っているのに橋《はし》で何《なに》をするの？」健《けん》ちゃんは聞《き》きました。

「八坂橋《やさかばし》は高《たか》くなっているから、水《みず》のようすがよくわかるのさ。水《みず》のかさが増《ふ》えると河原《かわら》も草《くさ》も木《き》も川《かわ》の流《なが》れの下《した》にもぐってしまう。だから川《かわ》のはばは倍《ばい》にも三倍《さんばい》にもなるのさ。そんな大水《おおみず》見《み》たことあるかい？」

「テレビで見《み》たことあるよ」健《けん》ちゃんはすかさず答《こた》えました。

三　さるすべりの穴の中

「そうだよなあ、テレビはなんでも教《おし》えてくれるよねえ。でもね、本物《ほんもの》はテレビどころじゃないよ。そりゃあなんて言《い》うかなあ……。川《かわ》が大《おお》きな川《かわ》になってしまって。あの時《とき》、泥水《どろみず》が飛《と》び上《あ》がるように橋《はし》に向《む》かって押《お》し寄《よ》せていたねえ。『こりゃ、おおごつ（たいへん）じゃあー』川《かわ》のようすを見《み》にきたおじんやおばんは、『土手《どて》をこえるぞー』『大水《おおみず》になるぞ！』『上《あ》げ潮《しお》と重《かさ》なると、えれえことになる』と言《い》いながらみんな大《おお》あわてで家《いえ》に帰《かえ》った。何事《なにごと》が起《お》こるのか、ただ恐《おそ》ろしくて、ばあちゃんは夢中《むちゅう》で走《はし》ったのを覚《おぼ》えているよ」

「上《あ》げ潮《しお》と重《かさ》なるってなんなの？」健《けん》ちゃんは聞《き》きました。

「そうだねー。海《うみ》に満潮《まんちょう》と干潮《かんちょう》てのがあるのは知《し》ってるだろう？」

「ほら、干潮《かんちょう》の時《とき》みんなで潮干《しおひ》がりにいったことがあったじゃない」

「ああ、あれかあー。上《あ》げ潮《しお》っていうのは海《うみ》の水《みず》がふえることなんだね。重《かさ》なるっていうことは、川上《かわかみ》からと川下《かわしも》からといっせいに水《みず》が押《お》し寄《よ》せてくることなんだね。たいへんだなあー」

三　さるすべりの穴の中

健《けん》ちゃんはどうやらようすがわかったようです。

「それからどうなったの？」

「うんと時間《じかん》がたって、人《ひと》の声《こえ》が聞《き》こえなくなったのでどうしたんだろうと、そーっと戸《と》を開《あ》けて見《み》た。なんと川向《かわむ》こうの山《やま》と、往還《おうかん》（道《みち》）に並《なら》んでいる家《いえ》が、みーんな水《みず》の中《なか》に頭《あたま》を出《だ》していた。すごいいきおいで流《なが》れていく泥水《どろみず》の中《なか》に、ぽつんぽつんと家《いえ》や木《き》がつっ立《た》っていたんだよ。それだけじゃないよ、ごぉーごぉーと流《なが》れる泥水《どろみず》に、おけやざるや板《いた》ぎれや丸太《まるた》が、浮《う》いたり沈《しず》んだりして、ぐいぐいと流《なが》れていく。『ひゃあー、川《かわ》が！　川《かわ》が！　大《おお》きうなった！』ばあちゃんは、はじめて目《め》にした光景《こうけい》に驚《おどろ》いたねえ。『この長雨《ながあめ》で川《かわ》がはんらんしたんだ』と父《とう》さんが教《おし》えてくれた」

「はんらんて、なあに？」

よし子《こ》ちゃんが聞《き》きました。

「はんらんていうのはね、水《みず》で川《かわ》があふれてしまったり、水《みず》のいきおいが強《つよ》く

三　さるすべりの穴の中

て川《かわ》の土手《どて》が切《き》れてしまってね、水《みず》が陸《りく》にまで上《あ》がってくることなんだよ」

ママが言《い》いました。よし子《こ》ちゃんは、まだ三年生《さんねんせい》なのにしんけんに話《はなし》を聞《き》いています。

「どこの土手《どて》が切《き》れたの？」

「川《かわ》のずーっと上《うえ》の方《ほう》かもしれんなあ、ばあちゃんにはよくわからなかった。雨《あま》ガッパをかぶって父《とう》さんは庭《にわ》にとび出《だ》していった。玄関《げんかん》もふろ場《ば》も植木《うえき》ばちでいっぱい。家《いえ》の庭先《にわさき》まで水《みず》がきている。水《みず》はぐんぐんぐんぐん増《ふ》えてくるんだよ。

家《いえ》の中《なか》だって、どこへだって水《みず》は押《お》し寄《よ》せてくる。台《だい》の上《うえ》に畳《たたみ》を重《かさ》ねてね、その上《うえ》にそこいらにある物《もの》をのっける。ばあちゃんはなんどもなんども荷物《にもつ》を二階《にかい》に運《はこ》びこんだ」

「そんな日《ひ》、学校《がっこう》は休《やす》みなの？」

「もちろんさ、遊《あそ》びにだって行《い》けないよ。家《いえ》から出《で》ちゃ、たいへんなことになる。

『いつまで降《ふ》るんだろうなあ』おそろしゅうなって、ばあちゃんはたずねた。そしたらね、ばあちゃんのばあちゃんが、『長梅雨《ながつゆ》ん時《とき》は人《ひと》が死《し》ぬまで降《ふ》り続《つづ》くんだ』って言《い》うのさ。

そして『こんどは、どこん、だれがもっていかれるんじゃろう』って言《い》うのさ。ばあちゃんはおどろいたさ。（梅雨《つゆ》は恐《おそ》ろしい、流《なが》れながら連《つ》れていく人《ひと》を探《さが》しているんじゃなかろうか。だからいつまでもいつまでも降《ふ》るんだ）そう思《おも》ったさ」

「すごかった泥水《どろみず》も翌朝《よくあさ》はうそのようにすっかり引《ひ》いて、垣根《かきね》も、たんぼも、畑《はたけ》も、もとの姿《すがた》をみせた。でもみーんななぎ倒《たお》されて泥《どろ》まみれだったねえ。水《みず》につかったところは板《いた》も壁《かべ》も色《いろ》が変《か》わっていて、壁《かべ》なんか土《つち》が流《なが》れ落《お》ちてはだかになってしまって、下《した》の竹《たけ》が出《で》ていたよ。わらや板切《いたぎ》れが水《みず》のきたところでたまっている。

　ごみだけならいいんだけども、台所《だいどころ》もトイレもいっしょくたになって消毒《しょうどく》がたいへんなのさ。往還沿《おうかんぞ》いの家《いえ》は軒並《のきな》み水浸《みずびた》しになったんだからねえ」

「なぜ消毒《しょうどく》なんてするの？」

「便《べん》の中《なか》のばい菌《きん》がまき散《ち》らされて、悪《わる》い病気《びょうき》が広《ひろ》がったら、たいへんなことになるだろう」

「ばあちゃんの家《いえ》もトイレが水《みず》につかってしまったの？」

「ばあちゃんの家《いえ》は往還《おうかん》より少《すこ》しだけ高《たか》いところにあったので、川《かわ》の水《みず》は家《いえ》の庭《にわ》まできたけど、床《ゆか》は越《こ》えなかったし、トイレもだいじょうぶだった。大急《おおいそ》ぎで畳《たたみ》をあげたので、荷物《にもつ》もぬれずに助《たす》かった。でもな、水《みず》が運《はこ》んできたわらや枯草《かれくさ》がマフラーのように家《いえ》や木《き》に巻《ま》きついていたよ。

　ばあちゃんはさるすべりの穴《あな》ん中《なか》に、水《みず》が入《はい》っているかもしれんなと思《おも》った。穴《あな》の中《なか》に何《なに》かいる。たしかに何《なに》かいる。ばあちゃんは棒切《ぼうき》れを差《さ》し込《こ》んで穴《あな》をぐいぐいかきまぜてた。小《ちい》さな虫《むし》がびっくりしたようにはい出《で》てきた。そのうち手《て》ごたえあり！

何《なん》だろう！　ちょっと心《こころ》が弾《はず》んだ。ところがえぐり出《だ》されて出《で》てきたのは、へびだった。それも一匹《いっぴき》じゃない。

へびぎらいのばあちゃんは、ひめいをあげて逃《に》げ出《だ》したさ。大水《おおみず》の日《ひ》、泥水《どろみず》の中《なか》を流《なが》されていく戸板《といた》やむぎわらにまじって、首《くび》を持《も》ち上《あ》げたへびが流《なが》されているのを見《み》たけど、まさか！　ひみつの穴《あな》に……。へびや虫《むし》たちも、ひっしでさるすべりの木《き》にたどりついて、穴《あな》にひなんしたんだろうねえ」

さるすべりの花《はな》が咲《さ》くと、ばあちゃんはいつも大水《おおみず》の日《ひ》のことを思《おも》い出《だ》すよ。六十年《ろくじゅうねん》も昔《むかし》のことだのにねえ……。

四　かにの親分《おやぶん》のこと

四　かにの親分のこと

日曜日《にちようび》だっていうのに今日《きょう》は朝《あさ》からしとしとと雨《あめ》が降《ふ》っています。梅雨《つゆ》だからしかたがありません。健《けん》ちゃんはなかよしの紘《こう》ちゃんの家《いえ》へ遊《あそ》びにいきました。

紘《こう》ちゃんから、「テレビゲーム持《も》って遊《あそ》びに来《こ》いよ」と電話《でんわ》があったのです。きっと二人《ふたり》で夢中《むちゅう》になってテレビゲームをやっているのでしょう。お昼《ひる》を過《す》ぎたのにまだ帰《かえ》ってきません。

少《すこ》し風《かぜ》がでてきたのか木《こ》の葉《は》がゆれています。

「どうやら雨《あめ》があがったようだね。よっちゃん、窓《まど》をあけてごらん」

よし子《こ》ちゃんはうきうきして窓《まど》をあけました。もう雨《あめ》はあきあきなのです。窓下《まどした》を見《み》ると小《ちい》さな流《なが》れができています。

「ばあちゃん、川《かわ》ができてる！」

ばあちゃんはどっこいしょとかけ声《ごえ》をかけ、「どれどれ」と言《い》いながら窓《まど》の外《そと》を見《み》ました。

「あっちにもできてる！」

よし子《こ》ちゃんは玄関《げんかん》の入《い》り口《ぐち》のほうにも雨《あめ》の流《なが》れ道《みち》を見《み》つけました。

「たくさん雨《あめ》が降《ふ》ったんだね」

「みっちゃんとはるかちゃん、呼《よ》んで来《こ》ようっと！」

よし子《こ》ちゃんは外《そと》へ飛《と》び出《だ》していきました。

「やあーっ、すごい！　あっ石《いし》がじゃましてる。そこの木《き》のはっぱのけて！」

三人《さんにん》は走《はし》り回《まわ》って、石《いし》や木《こ》の葉《は》を取《と》りのぞいています
「見《み》て見《み》て、よし子《こ》ちゃん！　小《ちい》さな川《かわ》が流《なが》れていって集《あつ》まってる」

「大《おお》きな川《かわ》になってるよ」

「ほんとうだ。すごいね。大《おお》きい川《かわ》って、小《ちい》さい川《かわ》が集《あつ》まってできるんだね」

四　かにの親分のこと

「じゃあ隅田川《すみだがわ》だってそうなの？」

「ねえばあちゃん、そうなの？」

「ばあちゃんはようわからんけど、きっとそうなんだろうねえ。くわしいことは先生《せんせい》に聞《き》くのが一番《いちばん》だ」

「雨《あめ》のあとの小《ちい》さな川《かわ》は、ばあちゃんも子《こ》どものころよく見《み》たよ。田畑《たはた》を囲《かこ》っている石垣《いしがき》の石《いし》と石《いし》のすき間《ま》にかにが住《す》んでいてねー。雨《あめ》があがるといっせいにすき間《ま》の穴《あな》から顔《かお》を出《だ》すんだよ。家《いえ》の窓《まど》から顔《かお》を出《だ》しているようにな。そしてぎょろぎょろっと見回《みまわ》すのさ」

「すごいねー。せーえのって、約束《やくそく》しているのかしら？」

「かにだもの。そんなことできないわよ」

「そのうち、のそのそと外《そと》へはい出《だ》してくるんだ」

「どこへ行《い》くの？」

「みんなで何《なに》かするの？」

「それって子《こ》どものかになの？」

はるかちゃんもみっちゃんもふしぎそうに聞《き》きました。よし子《こ》ちゃんは子《こ》どものかにたちが雨《あめ》が止《や》んだので、遊《あそ》びに出《で》てきたのではないかと思《おも》いました。

「いやいや、いや、子《こ》どもじゃないんだよ。みーんなおとなさ。甲《こう》らが小《ち》さなおまんじゅうくらいの大《おお》きさで、中《なか》には緑《みどり》や赤《あか》い色《いろ》のついたのや、茶色《ちゃいろ》だけのかにもいたさ。茶色《ちゃいろ》のかにはちょっぴり小型《こがた》だったから、メスかもしれんな。かにたちは何《なに》をしに出《で》て来《き》たんだと思《おも》うかい？」

「………」

「………」

「へんだねえ。わかんないよ」

「餌《えさ》さがしなんだよ。雨《あめ》のあとにできた小《ち》さな川《かわ》に、台所《だいどころ》の流《なが》し場《ば》から流《なが》れてきた米粒《こめつぶ》だの野菜《やさい》の切《き》れはしだのがあってな、それを食《た》べにやってくるんだなあー。あちこちに並《なら》んでよ。小《ち》さな切《き》れはしをはさみでじょうずにつかんで口《くち》に運《はこ》ぶんだ。右《みぎ》、左《ひだり》、右《みぎ》、左《ひだり》とねえ。その間《あいだ》だって目玉《めだま》は持《も》ち上《あ》げて、しっかりとまわりをていさつしているんだ。かしこいもんだよ」

「かにたちは食《た》べおわるとどうするの」

「石《いし》のすき間《ま》の家《いえ》に帰《かえ》っていくの？」

「それがな、ばあちゃんたちはかにをつかまえるんだ。どうだね、みんなもたくさんのかに見《み》たら、つかまえたくならないかい？」

「うん、ぐちゃぐちゃって、したくなるわ」

元気《げんき》もののはるかちゃんがすぐに言《い》いました。

「えらく長《なが》い火《ひ》ばしがあってな、それではさんでつかまえるのよ」

「かには逃《に》げないの？」

「逃《に》げるさ、はさみを腹《はら》にかかえてな、もぞもぞって横走《よこはし》りで逃《に》げる」

「うわーおもしろい」

「逃《に》げながらでも目玉《めだま》はちゃんと敵《てき》をみている。かしこいもんだねえ」

四　かにの親分のこと

「ばあちゃん、つかまえられたの」

「ああ、何度《なんど》もつかまえたことがあるよ」

「つかまえたらどうするの」

「バケツに入《い》れる。バケツの中《なか》のかには、がざごぞ歩《ある》きまわっているけんど、そのうちぶつくさもんくを言《い》いながら泡《あわ》をふきはじめる」

「火《ひ》ばしのないもん（者《もの》）は竹《たけ》に糸《いと》をつけてつるんだ。これがまたおもしろくてな。餌《えさ》はたくわんの切《き》れはし。よくつれたよ」

「あ、ざりがにつりといっしょだ」

「でもざりがにの餌《えさ》はするめだよねえ」

「食物《たべもの》だったらなんでも食《く》いついてくるんだって、みっちゃんのパパが言《い》ったじゃない」

「ざりがにもいなくなって、つまんないね」

三人《さんにん》は去年《きょねん》みっちゃんのパパと、旧隅田川《きゅうすみだがわ》へざりがに取《と》りに行《い》ったことを

四　かにの親分のこと

思《おも》い出《だ》したようです。

「そうそう、裏《うら》の隆《たかし》っていう男《おとこ》の子《こ》が、赤《あか》いかにをつかまえようとしてバケツに手《て》を入《い》れたことがあってな、そしたらそのかにがはさみを持《も》ち上《あ》げて隆《たかし》に向《む》かってきた」

「きゃあー！　こわい」

「その子《こ》どうなったの？」

「あっという間《ま》にはさまれてしまった」

「痛《いた》いんでしょう？」

「そりゃあ痛《いた》いさ。その子《こ》は痛《いた》いよー、痛《いた》いよーってわんわん泣《な》きだした」

「それからどうなったの？」

「かには、いつまでもはなさないんだ。ばあちゃんたちはびっくりしたさ。どうしたらいいんだかわかんねえ。よほど痛《いた》かったんだろうなあ。男《おとこ》の子《こ》は、かにのついた手《て》を力《ちから》をいれて振《ふ》り回《まわ》したんだ。そしたら、かにはふっ飛《と》んでいった」

「………」

「………」

「男の子《おとこ こ》の指《ゆび》には大《おお》きなかにの爪《つめ》がまだくっついていたねえ。最後《さいご》まではなさなかったんだねえ。大《おお》きな爪《つめ》だったよ」

「それからどうしたの？」

「だれだったか、ぐーっと爪《つめ》を開《ひら》いて指《ゆび》からはなしたよ」

「痛《いた》かったでしょうねえ」

はるかちゃんは「よかった」と言《い》うように、ふっと息《いき》をつきました。

「そりゃあ、痛《いた》かっただろうよ。はさまれた指《ゆび》はむらさき色《いろ》になっていたよ」

「それでかにはどうなったの、死《し》んでしまったの？」

「それがな、残《のこ》った爪《つめ》を高《たか》く持《も》ち上《あ》げて、大急《おおいそ》ぎでくさむらの中《なか》に逃《に》げ込《こ》んだ」

「それって、きっとかにの親分《おやぶん》よねえ、ばあちゃん」

「そうかもしんねなあー。こんじょうあったもんなあ」

「かにの親分《おやぶん》死《し》ぬまで片手《かたて》なの？　かわいそうね」

「かには、最初《さいしょ》は悪《わる》いことしたわけじゃないのにねえ」

「かには爪《つめ》をなくしても、しばらくするとまた生《は》えてくるんだそうだよ」

ばあちゃんの話《はなし》に三人《さんにん》はほっと安心《あんしん》しました。

雨《あめ》はすっかり上《あ》がって、西《にし》の空《そら》にはうすく虹《にじ》が出《で》ています。

「虹《にじ》だ！」

よし子《こ》ちゃんの声《こえ》でみんなは大急《おおいそ》ぎで庭《にわ》に出《で》ました。

ばあちゃんは「どれどれ」と言《い》いながら、みんなの後《あと》を追《お》いました。

五　夏《なつ》のトントン

五　夏のトントン

「おや健《けん》ちゃん、今日《きょう》はテレビゲームかい。昨日《きのう》は寝転《ねころ》んでマンガ読《よ》み。いまの子《こ》どもはお友《とも》だちとは遊《あそ》ばないのかい？」

「そんなことないよ。でも遊《あそ》ぶことがないんだよ。広場《ひろば》だって野球《やきゅう》やサッカーは禁止《きんし》なんだー。それに夏休《なつやす》みは暑《あつ》いもんなあー」

「遊《あそ》び場所《ばしょ》がないって？　それに暑《あつ》いって？　夏《なつ》は暑《あつ》いにきまっているさ。ばあちゃんの田舎《いなか》は九州《きゅうしゅう》だろう。暑《あつ》いってもんじゃなかった。でもね夏休《なつやす》みも元気《げんき》で、家《いえ》の中《なか》になんぞいなかったよ」

「ばあちゃんの子《こ》どものころの夏休《なつやす》みの話《はなし》して～」

「そうだねえ。夏休《なつやす》みねえ～。ホイホイわかった、してあげよう」

ばあちゃんは目《め》を細《ほそ》くしてにこにこしています。

♪炎熱厳《えんねつきび》し八月《はちがつ》の
夏《なつ》の休《やす》みの心得《こころえ》をかたく信《しん》ずるわれわれは
まず第一《だいいち》に身体《しんたい》を

急《きゅう》にばあちゃんは変《へん》な節《ふし》で歌《うた》を歌《うた》いはじめました。そこへ紘《こう》ちゃんがやってきました。今日《きょう》はまゆみちゃんもいっしょです。

「へんなの？　なあにそれって！」健《けん》ちゃんが言《い》いました。

「この歌《うた》はね、ばあちゃんの子《こ》どものころの夏休《なつやす》みの歌《うた》さ。夏休《なつやす》みが近《ちか》くなると、みな、この歌《うた》を歌《うた》ったものよ。あっちの教室《きょうしつ》、こっちの教室《きょうしつ》から聞《き》こえてきた歌《うた》でね。この歌《うた》を教《おそ》わるともうすぐ夏休《なつやす》み。うきうきしてさ、ほうきを振《ふ》り回《まわ》して歌《うた》ったものよ」

五　夏のトントン

♪夜寝《よるね》るときは腹巻《はらまき》を
かたく結《むす》んで寝冷《ねび》えすな
もしも病《やまい》にかかったら
お医者《いしゃ》にみせて薬《くすり》飲《の》め

ばあちゃんはへんな声《こえ》でまた歌《うた》い出《だ》しました。

「えんねつってなあにー？」まゆみちゃんが聞《き》きました。

「炎熱《えんねつ》って『炎《ほのお》の熱《あつ》さ』って書《か》いてね、夏《なつ》の暑《あつ》さのことを言《い》うんだよ。ばあちゃんの田舎《いなか》はじりじりと焦《こ》げつくように暑《あつ》かったからねえ」

「三番《さんばん》に、♪朝涼《あさすず》しいうちに勉強《べんきょう》を〜ってあったけど、守《まも》ったのはほんの二《に》、三日《さんにち》。

『夏休《なつやす》みの友《とも》』っていう宿題帳《しゅくだいちょう》があってね、それが気《き》になって、安心《あんしん》して遊《あそ》べない。みんなはそんなことないかい？」

「おおありだよ。自由研究《じゆうけんきゅう》がたいへんなんだ。なあ、健《けん》ちゃん」

「そうだよ。あとの工作《こうさく》だの絵《え》は、ぼくの得意《とくい》だからへいちゃらだけど……」

「ばあちゃんはやさしいところは早《はや》いうちに全部《ぜんぶ》終《お》わらせて、できないところはそのまんま。とにかく三時《さんじ》になるのがまちどおしかった。おやつの時間《じかん》なんてものじゃなくて、三時《さんじ》を過《す》ぎると泳《およ》ぎにいけるからよ。

場所《ばしょ》はみんなの知《し》ってる八坂川《やさかがわ》。友清《ともきよ》（土地《とち》の名《な》）の子《こ》の泳《およ》げるところは長瀬橋《ながせばし》の下《した》とトントンの二《に》かしょ。長瀬橋《ながせばし》の下《した》は長瀬《ながせ》（土地《とち》の名《な》）の子《こ》の陣地《じんち》だし、それに浅《あさ》いから、うんと小《ちい》さい子《こ》ども用《よう》だよ。そこにいくとトントンはスリルがあったねえ」

「トントンってなあに？」

まゆみちゃんが目《め》をきらきらさせて聞《き》きました。

「トントンていうのはね、田《た》んぼでいらんようになった（いらなくなった）水《みず》をいぜ（用水路《ようすいろ》）に集《あつ》めて、川《かわ》に落《お》としていたけど、トントンて名《な》は音《おと》をたてて落《お》ちる水《みず》の音《おと》からついたのかなあ。わけはばあちゃんも知《し》らないねえ。

八坂川《やさかがわ》は、トントンの近《ちか》くでうんと狭《せま》くなっていてね、その上《うえ》、川《かわ》はばの三分《さんぶん》の一《いち》ぐらいはたなになっていたよ。たなって？　ほら本箱《ほんばこ》には本《ほん》をのっけるたながいくつもあるだろう、あれよ。トントンのたなには石《いし》が積《つ》み上《あ》げられていてね、その石《いし》がくずれないように丸太《まるた》で押《お》さえ、その上《うえ》にまた石《いし》を何段《なんだん》にも積《つ》み上《あ》げて作《つく》ってあった。たなは六《ろく》メートルぐらいの長《なが》さはあったろうねえ。まるで軍艦《ぐんかん》ががけの下《した》にとまっているようだったよ。

たなに下《お》りるには田《た》んぼのあぜからがけを伝《つた》って下《お》りなくちゃならないの。がけの石《いし》と石《いし》の間《あいだ》の穴《あな》に足先《あしさき》を突《つ》っこんでがけにへばりついて下《お》りていく。足先《あしさき》が頼《たよ》りさ。足先《あしさき》を入《い》れる穴《あな》が見《み》つからないとさあたいへん。足先《あしさき》で穴探《あなさが》しだ。どうしても見《み》つからないときは一度上《いちどうえ》に上《のぼ》って穴《あな》を探《さが》すしかない。

なれてくるとおもしろかったよ。よーいドンでがけ下《お》りの競争《きょうそう》をした」

「ひゃあーいいなあー。スリルあるなあー」

紘《こう》ちゃんが大声《おおごえ》で叫《さけ》びました。紘《こう》ちゃんは冒険《ぼうけん》がだいすきなのです。

「たなのすぐ下《した》は一番深《いちばんふこ》うてな、水《みず》に入《はい》るとつま先立《さきだ》ちしても口《くち》のところまで水《みず》があった。

たなから離《はな》れると浅《あそ》うなり、向《む》こう岸《ぎし》につくとひざくらいの深《ふか》さしかない。だから少《すこ》し泳《およ》げるようになると、たなから向《む》こう岸《ぎし》に向《む》かって泳《およ》いだものさ。五《ご》メートルぐらいあったかな。初《はじ》めて泳《およ》ぎ渡《わた》れたときはうれしうて、魚《さかな》になったようでねえ。なんどもなんども泳《およ》ぎ渡《わた》ったねえ。満足《まんぞく》するとつぎに挑戦《ちょうせん》。

つぎはたなの下《した》の深《ふか》いところを、たなに沿《そ》って川下《かわしも》に向《む》かって泳《およ》ぐんだよ。これができると鼻《はな》が高《たか》かった。うん、そうだねえ。いばれたってことだね」

「いいなあー。ぼく一度《いちど》でいいから川《かわ》を泳《およ》いで渡《わた》ってみたい」と紘《こう》ちゃん。

「でも荒川《あらかわ》はだめだよ。広《ひろ》すぎるよ。途中《とちゅう》で疲《つか》れてしまう」と健《けん》ちゃん。

「そんなことしたらお巡《まわ》りさんに連《つ》れていかれるわよ」まゆみちゃんの言葉《ことば》で、この話《はなし》はおわりました。

「もっとおもしろかったことを話《はな》そうかねえ。たなの石《いし》と石《いし》の間《あいだ》の水《みず》たまりには、えびだの、どんこだの、めだかがいてね。めだかは二人組《ふたりぐみ》で手《て》ぬぐいの端《はし》を持《も》って『一《いち》、二《に》の三《さん》』と呼吸《こきゅう》をあわせ、さっとすくい上《あ》げた。めだかは手《て》ぬぐいのなかでぴちぴちはねている。すぐに逃《に》がしてやらないと死《し》んでしまうんだ。

どんこはすばやい。手《て》におえなかったねえ。石《いし》の間《あいだ》から黒《くろ》い顔《かお》を出《だ》して、丸《まる》い目《め》でぎょろって見回《みまわ》すと、すぐに次《つぎ》の石《いし》へ逃《に》げ込《こ》む。すばしっこくてつかまらなかったねえ」

「きゃあーおもしろい。どんこっていう名《な》もおもしろいや！」

紘《こう》ちゃんは大《おお》はしゃぎです。

「一番《いちばん》おもしろかったのはえびとり。長《なが》いうでの先《さき》に小《ちい》さなはさみがあって、大《おお》きなのは頭《あたま》からしっぽまで十《じっ》センチはあったねえ。

えびを捕《つか》まえたことあるかい？」

「……」

「……」

「おもしろいよー。えびは『敵《てき》が来《き》たな』とさっすると、そろりそろり、あとずさりをはじめる。だからしっぽの後《うし》ろの方《ほう》に網《あみ》を置《お》いて、一人《ひとり》は前《まえ》から攻《せ》めるのよ。えびが自信《じしん》ありげにはさみを持《も》ち上《あ》げて、ぴょんと後《うし》ろにはねる。そのとき、パッと網《あみ》を伏《ふ》せる。一匹《いっぴき》あがりー」

ばあちゃんは立《た》ち上《あ》がると、腰《こし》を曲《ま》げてえびとりをはじめました。

「おもしれえー。田舎《いなか》っていいなあー」

紘《こう》ちゃんはばあちゃんのまねをして、えびとりをはじめました。

「そうそう、その調子《ちょうし》」

ばあちゃんはえびとりの先生《せんせい》です。

「そのうち背中《せなか》がやけて熱《あつ》くなるんだ。すると川《かわ》に飛《と》び込《こ》む。何回《なんかい》やってもあきなかったねえ。夕方《ゆうがた》になってあわてて家《いえ》に帰《かえ》った。石《いし》の上《うえ》にひろげたシャツは冷《ひ》えた体《からだ》に気持《きも》ちがよかった。忘《わす》れられないねえ。

つかまえたえび？　もちろん焼《や》いて食《た》べたさ。えびは焼《や》くと真《ま》っ赤《か》になるんだよ。知《し》ってるかい」

「ばあちゃんの子《こ》どものころっていいなあ。そんな夏休《なつやす》みだったら大歓迎《だいかんげい》だよ」

大《おお》きな声《こえ》で紘《こう》ちゃんが言《い》いました。

「トントンは三年生《さんねんせい》まで。高学年《こうがくねん》になると男《おとこ》の子《こ》は同《おな》じ八坂川《やさかがわ》でも観音《かんのん》や、長瀬橋《ながせばし》のずーっと川上《かわかみ》の亀石《かめいし》あたりで泳《およ》いだ。あそこは深《ふか》いからなあ。亀石《かめいし》からだと飛《と》び込《こ》めるんだよ。水《みず》の色《いろ》だってちがっていた」

「女《おんな》の子《こ》も飛《と》び込《こ》んだの？」

「うん、女《おんな》の子《こ》？　女《おんな》の子《こ》は観音《かんのん》や亀石《かめいし》なんどじゃ泳《およ》げない。底《そこ》がしれんからねえ。プール？　そんなもんはありゃせん。今《いま》の子《こ》どもたちはプールで泳《およ》いでいるんだってね。ばあちゃんの田舎《いなか》の子《こ》どもたちも、今《いま》はプールで泳《およ》いでいるのかねえ。トントンはなくなったんだろうかねえ」

「あ、そうそう、おまけに『おんばら』の話《はなし》をしてあげよう。『おんばらん日《ひ》』は夕方《ゆうがた》、大人《おとな》も子《こ》どももそろって泳《およ》ぎにいったものよ。泳《およ》ぐってより水浴《みずあ》びだねえ。あれは六月《ろくがつ》の三十日《さんじゅうにち》だったと思《おも》うよ。まだ水《みず》は冷《つめ》たいだろう、それもあって水《みず》ん中《なか》をとびまわって遊《あそ》んだ」

「『おんばら』ってなあに？」

「『おんばら（大祓《おおはら》え）ん日《ひ》』って言《い》うのはね、一年間《いちねんかん》の罪《つみ》やけがれを神様《かみさま》にはらってもらう日《ひ》なんだ。

昔《むかし》、八坂川《やさかがわ》にはかっぱがたくさんおってな。かっぱは、人《ひと》のお尻《しり》の穴《あな》から手《て》を入《い》れて肝《きも》を取《と》るって言《い》われていた。かっぱって知《し》ってるかい？」

「知《し》ってる。じいちゃんから聞《き》いたことあるよ。頭《あたま》に皿《さら》をのっけていて、とっても相撲《すもう》が好《す》きなんでしょ。とっても強《つよ》いんだってね」

五　夏のトントン

紘《こう》ちゃんがすっとんきょうな声《こえ》で言《い》いました。

「本当《ほんとう》なの？　ばあちゃん」まゆみちゃんが確《たし》かめました。

「相撲《すもう》好《ず》きのことはばあちゃんも聞《き》いたことがあるよ。負《ま》けて肝《きも》を取《と》られた者《もの》はふぬけになるんだって。恐《おそ》ろしいことじゃ。だからどんなに遊《あそ》びほうけても、暗《くろ》う（暗《くら》く）なってくると急《いそ》いで川《かわ》から上《あ》がったものさ。いつまでも川《かわ》にいるとかっぱの『があたろ』に肝《きも》を取《と》られるからなあ。

『おんばらん日《ひ》』か？　『おんばらん日《ひ》』はね、八坂《やさか》の『があたろ』たちは一匹《いっぴき》のこらず水神《すいじん》さまのところへ集《あつ》まるんじゃそうな。だからこの日《ひ》は八坂川《やさかがわ》には一匹《いっぴき》も「があたろ」はいないわけよ」

「ぼくかっぱって知《し》らないよ」健《けん》ちゃんが言《い》いました。

「かっぱって知《し》らないかい？　絵本《えほん》で見《み》たことないかなあ。背《せ》の高《たか》さは一《いち》メートルぐらいでな、背中《せなか》に甲《こう》らがあって、口《くち》が尖《とが》っていて、手《て》や足《あし》の指《ゆび》も尖《とが》っている。頭《あたま》の毛《け》はぼしゃぼしゃで、紘《こう》ちゃんの言《い》ったように頭《あたま》のてっぺんに皿《さら》がのっかってるのさ。この皿《さら》がくせもので皿《さら》に水《みず》がたんとあるとやたら強《つよ》いらしいよ。皿《さら》が乾《かわ》いてくると力《ちから》がなくなってくるんだって……」

「それって本当《ほんとう》なの？」

「さあどうだかな。みんなで調《しら》べてみるといいよ。八坂川《やさかがわ》だけじゃなくて日本《にほん》のあちこちに、かっぱの話《はなし》が残《のこ》っているよ。

ばあちゃんの話《はなし》はこれでおしまい」

六

身《み》投《な》げ石《いし》の話《はなし》

六　身投げ石の話

むしむしする暑《あつ》い夜《よる》です。健《けん》ちゃんも、よし子《こ》ちゃんも、ばんご飯《はん》を終《お》えると庭《にわ》に出《で》ました。「おーい健《けん》ちゃん、暑《あつ》いよなあー」紘《こう》ちゃん、優《ゆう》ちゃん、まゆみちゃんの四年生《よねんせい》トリオがやってきました。

「夏《なつ》の夜《よる》はおばけの話《はなし》がいいよ。健《けん》ちゃん、ばあちゃんに頼《たの》んでよ」

ほかならぬ紘《こう》ちゃんの頼《たの》みです。

「わかった。聞《き》き手《て》がたくさんいるので、きっとばあちゃん張《は》り切《き》るぞー」

「じゃあ、もっと友《とも》だちを集《あつ》めてくるよ」

紘《こう》ちゃんは駆《か》け出《だ》しました。由美《ゆみ》ちゃん、はるかちゃん、まあちゃん、みっちゃん、いつもの仲間《なかま》が集《あつ》まりました。

ばあちゃんがざぶとんを持《も》って縁側《えんがわ》に出《で》てきました。

「おやまあ、おおぜいだねえ。みんな恐《こわ》い話《はなし》をしてほしいんだって？　トイレに行《い》けなくなるといけないから、そうだねえ、ばあちゃんの田舎《いなか》で言《い》い伝《つた》えられている、かわいそうな話《はなし》をしてあげようかねえ」

そう言《い》ってばあちゃんは話《はな》しはじめました。

「夏《なつ》のこんな暑《あつ》い夜《よる》は、ばあちゃんの田舎《いなか》の八坂川《やさかがわ》にはホタルが飛《と》ぶんだよ。暗《くら》い川《かわ》のふちのあちこちに小《ちい》さくピカッピカッと灯《ともしび》をともす。夕飯《ゆうはん》をすませるとホタル狩《が》りにいった。

♪ホーホー　ホータル　こい
あっちの水《みず》は　にーがいぞ
こっちの水《みず》は　あーまいぞ
ホーホー　ホータル　こい

って歌《うた》いながら笹《ささ》を水《みず》にひたしてぬれた笹《ささ》でホタルを捕《つか》まえるのよ」

「こっちの水《みず》はあまいって、ほんとにあまいの？　それともホタルをだましてるの？」ばあちゃんは、（ばあちゃんの子《こ》どものころは本当《ほんとう》にそうだったのかもしれない）と思《おも》ったのです。

「あまいはずないだろう！　川《かわ》なんだもの」

「そうさねえ。だましたことになるかなあ、オッホッホッ」

ばあちゃんは目《め》を細《ほそ》くして楽《たの》しそうに笑《わら》いました。

「つかまえたホタルはどうするの。飼《か》うの？」と優《ゆう》ちゃん。

「かやの中《なか》にいれるのよ。ねえばあちゃん」

よし子《こ》ちゃんは、ずーっといぜんにばあちゃんに聞《き》いたことを思《おも》い出《だ》しました。

「かやってなに？」こんどはみっちゃん。

お話《はなし》が先《さき》へ進《すす》みません。

そこへ夕飯《ゆうはん》の片《かた》づけを終《お》えたママと幸子《さちこ》ねえちゃんが、お話《はなし》に加《くわ》わりました。

「かやってね、夜寝《よるね》るときに蚊《か》や虫《むし》が入《はい》ってこないように、お部屋《へや》に下《さ》げる広《ひろ》ーい網《あみ》のようなもの。テレビで見《み》たことない？」

幸子《さちこ》ねえちゃんが言《い》いました。

「網戸《あみど》がなかったの」

「網戸《あみど》なんてとんでもない」

「かやの中《なか》にホタルを入《い》れてどうするの？」

「部屋《へや》の電気《でんき》を消《け》して、寝《ね》ててホタルのピカッピカッをながめるのよ。ねえばあちゃん」

ママが言《い》うと、ばあちゃんはうなずきました。

「それじゃ、ぼつぼつ話《はなし》を始《はじ》めようかな。

八坂川《やさかがわ》の流《なが》れは海《うみ》に近《ちか》づくにつれて、向《む》こう側《がわ》の岸《きし》が遠《とお》くになってくる」

「それって川《かわ》の幅《はば》が広《ひろ》くなるっていうこと？」

六　身投げ石の話

「そうだねえ。海《うみ》に近《ちか》い八坂川《やさかがわ》の向《む》こーう側《がわ》の岸《きし》に、こぶのように飛《と》び出《だ》した大《おお》きな岩《いわ》が一《ひと》つあった。ああ、今《いま》だってあるよ。その岩《いわ》はね『身投《みな》げ石《いし》』って言《い》ってな。悲《かな》しい言《い》い伝《つた》えがあるんだよ。その話《はなし》をしてあげよう」

ばあちゃんはお茶《ちゃ》を一口《ひとくち》飲《の》んでから話《はな》しはじめました。

「むかーし昔《むかし》、ばあちゃんの生《う》まれた八坂《やさか》にたいそうな長者《ちょうじゃ》がいたそうな」

「長者《ちょうじゃ》ってなあに？」

「うん、金持《かねも》ちのことさ。いや金《かね》だけではなくて田《た》や畑《はたけ》、山《やま》などをたくさん持《も》っていて、たくさん人《ひと》も使《つか》っている人《ひと》と言《い》ったほうがいいかな」

「長者《ちょうじゃ》はなんでも自分《じぶん》の思《おも》いどおりになったけど、ただ一《ひと》つだけ思《おも》いどおりにいかないことがあった。それはね、子《こ》どもが授《さず》からぬことだったそうな。でも毎日神様《まいにちかみさま》にお願《ねが》いしたおかげもあってか、やがて玉《たま》のような女《おんな》の子《こ》が生《う》まれたそうな。やがて女《おんな》の子《こ》はかがやくばかりの美《うつく》しい娘《むすめ》になり、長者《ちょうじゃ》の夫婦《ふうふ》はとても幸《しあわ》せだった。

ところがある時《とき》、姫《ひめ》はかぜをこじらせて、床《とこ》から起《お》きられなくなってしまったそうな。医者《いしゃ》にみてもらっても、神様《かみさま》や仏《ほとけ》さまにお願《ねが》いしても、いっこうに治《なお》らん。

ところがある日《ひ》、家《いえ》の門口《かどぐち》に立《た》った山伏《やまぶし》が『黒《くろ》い花《はな》ん咲《さ》く百合《ゆり》の根《ね》を煎《せん》じて飲《の》ませよ』と教《おし》えてくれたそうな。長者《ちょうじゃ》は屋敷中《やしきじゅう》の者《もの》を集《あつ》めて『黒《くろ》い花《はな》ん咲《さ》く百合《ゆり》をさがせ！』と命令《めいれい》した。使用人《しようにん》たちはご主人《しゅじん》さまの命令《めいれい》を聞《き》いて、必死《ひっし》でさがしに出《で》かけたけど黒《くろ》い花《はな》ん咲《さ》く百合《ゆり》は見《み》つからんかった。

とうとう長者《ちょうじゃ》は『見《み》つけ出《だ》した者《もの》には姫《ひめ》を嫁《よめ》にやろう』と言《い》ったそうな。みんなはいっそうひっしになってさがしたんだって。だけど見《み》つからない」

「黒《くろ》い百合《ゆり》の花《はな》って由美《ゆみ》ちゃんあるの？」

はるかちゃんは「花《はな》だいすき」の由美《ゆみ》ちゃんにそっと聞《き》きました。

由美《ゆみ》ちゃんは（知《し》らない）というように頭《あたま》を小《ちい》さくふりました。

「長者《ちょうじゃ》が困《こま》り果《は》てていたその時《とき》、庭《にわ》のほうから馬《うま》のいななきがして、一頭《いっとう》の馬《うま》が飛《と》びこんできたそうな。ところがなんと、その馬《うま》の口《くち》には黒《くろ》い花《はな》がくわえられていたんだと。

さっそく黒百合《くろゆり》の花《はな》ん根《ね》っこを煎《せん》じて飲《の》ますとな、姫《ひめ》はすっかり元気《げんき》になったそうな」

「よかったねえ」

「そこで、めでたしめでたしなの？」

まあちゃんも、みっちゃんも、よし子《こ》ちゃんもほっとしました。

「長者《ちょうじゃ》は恩人《おんじん》の馬《うま》に毎日《まいにち》のようにごちそうをして、感謝《かんしゃ》をしたんだって。相手《あいて》が馬《うま》だもんだから『姫《ひめ》を嫁《よめ》にやる』といった約束《やくそく》を長者《ちょうじゃ》はすっかり忘《わす》れてしまったんだねえ。

でもな馬《うま》は忘《わす》れちゃいなかった。姫《ひめ》にまつわりつくものだから、長者《ちょうじゃ》は馬《うま》がさくから出《で》られないように厳重《げんじゅう》に囲《かこ》ったんだそうな。それでも馬《うま》は蹴破《けやぶ》って出《で》てくる。もっともっと、がんじょうなおりを作《つく》って馬《うま》を閉《と》じこめてしまったんだって」

「かわいそうに……」

泣《な》きそうな声《こえ》でみっちゃんがつぶやきました。みっちゃんは馬《うま》が大《だい》すきなのです。

「長者《ちょうじゃ》は勝手《かって》すぎるよ」まゆみちゃんがふんがいして言《い》いました。

「それで終《お》わり？」

「まだ続《つづ》くよ。ある日《ひ》のこと、姫《ひめ》はお供《とも》を連《つ》れて若宮《わかみや》ん八幡《はちまん》さまに病気《びょうき》が治《なお》ったお礼参《れいまい》りに出《で》かけたそうな。その帰《かえ》り道《みち》、家《いえ》の近《ちか》くまでくると、血《ち》だらけになった馬《うま》が飛《と》び出《だ》してきた。そしてな、頭《あたま》をふりながら、姫《ひめ》の乗《の》っているかごをめざしてふっとんできたんだ。

姫《ひめ》はおどろいてな、お供《とも》の上着《うわぎ》をうちかぶって、八坂川《やさかがわ》の土手伝《どてづた》いに逃《に》げた。馬《うま》はかごの中《なか》を探《さが》したけど、姫《ひめ》の姿《すがた》はない。いかりくるった馬《うま》は、やがて土手《どて》を走《はし》る姫《ひめ》に目《め》をとめた」

「きゃあーこわい」まあちゃんは両手《りょうて》で耳《みみ》をおおいました。

「それからどうなったの。続《つづ》きを早《はや》く話《はな》して！」

みんな目《め》を光《ひか》らせて続《つづ》きを待《ま》っています。「暑《あつ》い」など言《い》う人《ひと》は一人《ひとり》もいません。

「馬《うま》が追《お》っかけてくると、姫《ひめ》は思《おも》わなかったのさ。ふと振《ふ》り向《む》くと、馬《うま》が土煙《つちけむり》をあげて追《お》ってくるのが見《み》えた。その時《とき》、姫《ひめ》の目《め》に川《かわ》に突《つ》き出《で》ている大《おお》きな岩《いわ》が見《み》えた。姫《ひめ》はその岩《いわ》にかけあがった。

もうだいじょうぶと姫《ひめ》はほっとした。ところがな、馬《うま》はパッパッパッとその岩《いわ》を一気《いっき》にかけあがってきたんだと。姫《ひめ》はどうしたと思《おも》う？」

「……」

「……」

「姫《ひめ》は八坂川《やさかがわ》めがけて飛《と》びこんだ。姫《ひめ》が身投《みな》げをしたとわかると、馬《うま》も姫《ひめ》の後《あと》を追《お》って川《かわ》に飛《と》びこんだ……。

この悲《かな》しい話《はなし》は村《むら》の人《ひと》に語《かた》りつがれ、やがて大岩《おおいわ》のことを『身投《みな》げ石《いし》』と呼《よ》ぶようになったそうな。そうそう『身投《みな》げ石《いし》』には馬《うま》のひづめの跡《あと》が今《いま》もあるらしいよ」

みんなはほっとため息《いき》をつきました。長《なが》い長《なが》いお話《はなし》でした。

暑《あつ》さを忘《わす》れさせてくれたばあちゃんのお話《はなし》でした。

七　しっとうい（七島藺《しちとうい》）の話《はなし》

「はい！　ばあちゃん、おみやげ！」

「おやおや、これはめずらしい。気持《きも》ちよさそうなスリッパだねえ。しばらく見《み》ないと思《おも》っていたら、遠足《えんそく》だったんだね。おみやげありがとうよ」

「みんなで小《こ》づかい出《だ》しあって買《か》ったんだよ。ばあちゃんにお話《はなし》のお礼《れい》なんだって……」

健《けん》ちゃんはばあちゃんにおみやげを渡《わた》すと、外《そと》に飛《と》び出《だ》しました。お小《こ》づかいで買《か》ったピストルでギャングごっこをするのです。

それから数日後《すうじつご》の雨《あめ》の日《ひ》、学校帰《がっこうがえ》りに「ばあちゃんの話聞《はなしき》きにこないか？」と健《けん》ちゃんは、紘《こう》ちゃんと優《ゆう》ちゃんに声《こえ》をかけました。

「ばあちゃん、お話《はな》して！」

みんなの顔《かお》を見《み》て、ばあちゃんは大《おお》よろこび。

「今日《きょう》は昔《むかし》から使《つか》われていたのに、だんだんと見《み》かけなくなった物《もの》の話《はなし》をしようかね」

「パチパチパチ。ばあちゃんのむかし昔《むかし》の話《はなし》、はじまり、はじまり」

コンコン、コンコンコンコン。紘《こう》ちゃんが拍子木《ひょうしぎ》のかわりにおせんべいの入《はい》った皿《さら》をたたきました。

「それはね。みんなにもらったスリッパに関係《かんけい》のある話《はなし》だよ。スリッパの表《おもて》についていたあれ。なんて言《い》うのか知《し》ってるかい」

「変《か》わってるから買《か》ったんだよねえ」健《けん》ちゃんが言《い》いました。

「うん畳《たたみ》のようだったよね、健《けん》ちゃん！」と紘《こう》ちゃん。

「そうなんだよ。小《ちい》さいけど畳表《たたみおもて》なんだよね。ばあちゃんの子《こ》どものころ、どの部屋《へや》もスリッパの表《おもて》のような畳表《たたみおもて》が敷《し》きつめられていたよ。みんなの家《いえ》はどうだねぇ？」

「ぼくの家《うち》、奥《おく》の部屋《へや》は畳《たたみ》だよ」

「あたしんち畳《たたみ》のお部屋《へや》はないわ」

「ぼくんちはえーっと、おばあちゃんの部屋《へや》だけ違《ちが》うなあ」

「ぼくんちは、みんなジュウタンの部屋《へや》だ」

「昔《むかし》から使《つか》われていたのに見《み》かけなくなった物《もの》って、畳表《たたみおもて》のことさ。畳表《たたみおもて》の材料《ざいりょう》は『しっとうい』って言《い》ってね、ばあちゃんの田舎《いなか》では『しっとう』って言《い》って田《た》んぼに植《う》えられていたよ。ばあちゃんが子《こ》どものころだから、今《いま》から六十年《ろくじゅうねん》も前《まえ》のことになるねえ。

　夏《なつ》の夜《よる》のことさ、農家《のうか》の庭《にわ》に、はだか電灯《でんとう》（電球《でんきゅう》だけ）がぶらさがっていてね。その下《した》で昼間《ひるま》刈《か》り取《と》ってきて、一《いち》メートル三十《さんじっ》センチほどの長《なが》さに切《き》りそろえた『しっとう』を、農家《のうか》の人《ひと》が一本一本《いっぽんいっぽん》、ぴんとはった針金《はりがね》に通《とお》してさいていたねえ。

ザクザクザクザク　ピーッピッピーッピー
ザクザクザクザク　ピーッピッピーッピー

いい音《おと》がしてたねえ……。

農家《のうか》のおばさんの左側《ひだりがわ》に積《つ》まれた『しっとう』は二《ふた》つにさかれると、右側《みぎがわ》に積《つ》まれていく。それはそれはふしぎな光景《こうけい》で、いくら見《み》てもあきなくて、夕飯《ゆうはん》を早《はや》く終《お》えて、農家《のうか》の庭《にわ》へ毎晩《まいばん》のように見《み》にいったものさ。

『やってみるかい？』って言《い》われてやってみたけど、長《なが》すぎて、三十《さんじっ》センチくらいしかさけなかったねえ。見《み》てるとかんたんそうで、おもしろそうなのにねえ」

「畳表《たたみおもて》は都会《とかい》では使《つか》われてなかったの？」

「そんなことはないよ。日本中《にほんじゅう》の家《いえ》で使《つか》われていたさ。『しっとう』の畳表《たたみおもて》は、

七　しっとうい（七島藺）の話

暑《あつ》い夏《なつ》でもべとつかないので湿気《しっけ》の多《おお》い日本《にほん》の家《いえ》に合《あ》っていたんだねえ。夏《なつ》の昼寝《ひるね》の時《とき》でさえ、かかえてきて敷《し》いたものだよ。

九州《きゅうしゅう》の大分県《おおいたけん》の国東《くにさき》と速見《はやみ》は『しっとう』がよく育《そだ》ってね。豊後《ぶんご》（今《いま》の大分《おおいた》）の国《くに》の農産物《のうさんぶつ》だから豊後表《ぶんごおもて》と言《い》って評判《ひょうばん》がよくっていい値《ね》で売《う》れたそうだ」

「『しっとうい』って日本中《にほんじゅう》のどこででも育《そだ》ったんじゃないの？」

「それがね。『しっとうい』は気温《きおん》の高《たか》い雨《あめ》の多《おお》い地方《ちほう》でよく育《そだ》つ植物《しょくぶつ》でね、苗《なえ》は琉球《りゅうきゅう》（今《いま》の沖縄《おきなわ》）から薩摩《さつま》（今《いま》の鹿児島《かごしま》）へと伝《つた》わり、速見《はやみ》（大分県《おおいたけん》）に伝《つた》わってきた。どこも暖《あたた》かい所《ところ》だろう？　四百年以上《よんひゃくねんいじょう》もの昔《むかし》だそうな」

「すごい昔《むかし》なんだねえ」

「夏《なつ》、盆踊《ぼんおど》りでやぐらの上《うえ》でたいこに合《あ》わせて歌《うた》っている人《ひと》がいるだろう。近《ちか》ごろはもう見《み》なくなってしまったかもしれないねえ。もしやっていたら言葉《ことば》をよーく聞《き》いてごらん。あれ、『口説《くど》き』って言《い》ってね、お話《はなし》になっているんだよ。

♪これは皆《みな》さま　ご存《ぞん》じなさる　豊後《ぶんご》で名高《なだか》い　貧乏草《びんぼうぐさ》の
今《いま》じゃ百姓《ひゃくしょう》の　おん宝物《たからもの》　「しっとうい」の話《はなし》でござる

『しっとうい』の『口説《くど》き』はこうして始《はじ》まるんだ。

豊後《ぶんご》に伝《つた》わったのは琉球《りゅうきゅう》から「苗《なえ》」を持《も》ち帰《かえ》った人《ひと》がいたから。橋本五郎左《はしもとごろうざ》衛門《えもん》という人《ひと》で、その人《ひと》は二《に》ども琉球《りゅうきゅう》に渡《わた》り「苗《なえ》」を持《も》って帰《かえ》ろうとしたけれど、一本《いっぽん》の苗《なえ》も分《わ》けてもらえなかった。そこで竹《たけ》のつえの中《なか》に潜《ひそ》ませて持《も》って帰《かえ》ったけれど、こんどは育《そだ》て方《かた》がわからずからしてしまう」

「自分《じぶん》だけのものにしたかったんだなあ」紘《こう》ちゃんがつぶやいた。

「そりゃそうさ。あっちこっちで取《と》れるようになると値段《ねだん》が下《さ》がってしまうよ」

「健《けん》ちゃんの言《い》うとおりだ。

♪こんな事《こと》にて　驚《おどろ》くものか　またもやはるばる　琉球《りゅうきゅう》に渡《わた》り
あらゆる困苦《こんく》と　戦《たたか》いながら　数十日間《すうじゅうにちかん》　滞在《たいざい》なして

と『口説《くど》き』は続《つづ》くのさ。

琉球《りゅうきゅう》といえば海《うみ》の向《む》こう、そのころの船《ふね》も、船頭《せんどう》の船《ふね》をこぐ技《わざ》も安全《あんぜん》なものではなかっただろうねえ。命《いのち》がけの船旅《ふなたび》だっただろうねえ。命《いのち》をかけてまでも苗《なえ》を手《て》に入《い》れたかったのはなぜだと思《おも》う？」

「ぜったいに売《う》れると信《しん》じたんじゃないの」

「お百姓《ひゃくしょう》さんたちを助《たす》けたいと思《おも》ったんだよ」

「ぼくもそうだと思《おも》うなあ」

「杵築城《きつきじょう》（大分県杵築市《おおいたけんきつきし》）の近《ちか》くに青莚神社《せいえんじんじゃ》っていう立派《りっぱ》な神社《じんじゃ》があるんだ

がね。あれはこの地《ち》に『しっとうい』を広《ひろ》めた三人《さんにん》を祀《まつ》ってあるんだ。その中《なか》に橋本五郎左衛門《はしもとごろうざえもん》の名前《なまえ》もあるよ。神社《じんじゃ》があるくらいだから、農村《のうそん》や町《まち》にご利益《りやく》があったんだろうねえ。

杵築《きつき》の町《まち》は昔《むかし》城下町《じょうかまち》として栄《さか》えたところだから、道《みち》の両側《りょうがわ》には化粧品屋《けしょうひんや》だの、肉屋《にくや》だの、電気屋《でんきや》だの、郵便局《ゆうびんきょく》だの、いろんな店《みせ》が並《なら》んでいたねえ。その中《なか》に『畳表《たたみおもて》』が集《あつ》められていた店《みせ》があったけど、あれは近《ちか》くの村《むら》から集《あつ》められた『むしろ』だったんだねえ。今《いま》から五十年《ごじゅうねん》ほどまえ（昭和三十年前後《しょうわさんじゅうねんぜんご》）のことだよ。

米《こめ》や麦《むぎ》は金《かね》になるけど半年《はんとし》たたなければ金《かね》にはかわらないのさ。そこへいくと畳表《たたみおもて》はすぐに現金《げんきん》が手《て》に入《はい》るので農家《のうか》は助《たす》かった。

♪今《いま》じゃ百姓《ひゃくしょう》の　おん宝物《たからもの》〜って『口説《くど》き』の言《い》うとおりだったんだねえ。

そのかわり、金《かね》にはなるけど手間《てま》がかかる。世話《せわ》がたいへんだった。田植《たう》えの後《あと》、休《やす》むひまもなく『しっとう』の苗植《なえう》え。暑《あつ》い盛《さか》り稲《いね》と同《おな》じように雑草取《ざっそうと》りをする。

びっしりと根《ね》を張《は》って植《う》わっているので、稲《いね》の草取《くさと》りのようにはいかないんだねえ。

二《に》メートルほどの高《たか》さまで育《そだ》てにゃあ畳表《たたみおもて》にゃあなんねえ。

節一《ふしひと》つないまっ青《さお》な『しっとう』が、まっすぐにびっしりと立《た》っている。茎《くき》は五《ご》ミリほどの三角《さんかく》の形《かたち》をしていて、足元《あしもと》には薄茶色《うすちゃいろ》のはかまをつけていてね。そりゃあみごとだったよ。

刈《か》り取《と》りのころになると、てっぺんに薄茶色《うすちゃいろ》の小《ちい》さな葉《は》を数枚付《すうまいつ》けていてね、白《しろ》い小《ちい》さな花《はな》がピンピンピンと嫁《よめ》さんのかんざしのようについていたよ」

「二《に》メートルもあるんだろう。ジャングルみたいだねえ。迷路遊《めいろあそ》びができるよ」

「そうだよなあー。ぼくはごろごろ寝転《ねころ》んで、しっとうのドミノ倒《たお》しをしたいなあー」

「とんでもない！　刈《か》り取《と》る前《まえ》に台風《たいふう》が来《き》たってたいへんなんだよ。九州《きゅうしゅう》は台風《たいふう》の通《とお》り道《みち》だろう。台風《たいふう》で大事《だいじ》に育《そだ》てた『しっとう』はなぎ倒《たお》され、田《た》の上《うえ》に寝《ね》そべってしまう。

それに『しっとう』は青表《あおおもて》とも言《い》われているくらいだから、青《あお》く仕上《しあ》がらなければいい値《ね》で売《う》れない。寝転《ねころ》んで倒《たお》すなんてとんでもないこと」

「そんなことする子《こ》なんていないわよねえ。ばあちゃん！」

「そうだよ。優《ゆう》ちゃんの言《い》うとおりさ」

「それからどうするの」

「二《ふた》つにさいたしっとうは川原《かわら》に干《ほ》される。青《あお》い、いい色《いろ》になるよ。干《ほ》しあがった『しっとう』は機械《きかい》で織《お》られてやっと畳表《たたみおもて》になるんだねえ。機織《はたお》りのように足《あし》と手《て》を使《つか》って一本一本《いっぽんいっぽん》機械《きかい》で織《お》りあげていく。

畳表《たたみおもて》に仕上《しあ》げるまで、農家《のうか》の人《ひと》は夜《よる》おそくまで働《はたら》いた。いいかせぎになったけど、気《き》の休《やす》まらないたいへんな仕事《しごと》だったんだねえ」

「どうして畳表《たたみおもて》が使《つか》われなくなったの？」優《ゆう》ちゃんはふしぎに思《おも》いました。

「なにかわけがあるんでしょ」健《けん》ちゃんも知《し》りたいと思《おも》いました。

「ばあちゃんもよくわからないけど、いつの間《ま》にか世《よ》の中《なか》こしかけの生活《せいかつ》になってきたよねえ。みんなの家《いえ》ではどうかね？」

「ぼくん家《ち》、椅子《いす》の食堂《しょくどう》だよ」

「子《こ》ども部屋《べや》だって、ジュウタンだし、ベッドだもんなあ」

「ばあちゃんの田舎《いなか》では、もう『しっとう』は植《う》えてないの？」

「もうとっくに止《や》めたらしい。手間《てま》をかけても売《う》れなくなったんだねえ」

「五郎左衛門《ごろうざえもん》さんが苦労《くろう》して持《も》ってきたのにねえ」

「世《よ》の中《なか》って変《か》わっていくんだね」

「ぼくたちが大人《おとな》になったとき、どんな世《よ》の中《なか》になっているんだろう」

「宇宙《うちゅう》へ単身赴任《たんしんふにん》する世《よ》の中《なか》になっているかもしれないよ」

「ウフフフ。そうだと楽《たの》しいなあ……」

「さー、今日《きょう》のお話《はなし》はこれで終《お》わり。また遊《あそ》びにおいで……」

八

お祭《まつ》りの匂《にお》い

八　お祭りの匂い

ぽかぽかと暖《あたた》かい秋《あき》の日《ひ》、縁側《えんがわ》でばあちゃんはこっくりこっくりといねむりをしています。子《こ》どものころ遊《あそ》んだ八坂川《やさかがわ》の土手《どて》の夢《ゆめ》でも見《み》ているのかもしれません。こっくりこっくりしながら時々《ときどき》にっこりほほえんでいるのです。

「ばあちゃんこんにちは……」

ばあちゃんはびっくりしてきょろきょろとあたりを見回《みまわ》しました。

「おやおや見慣《みな》れない顔《かお》だね。よく来《き》たねえ」

三年生《さんねんせい》の勝《まさる》くんと由美《ゆみ》ちゃんとはるかちゃんです。

「紘《こう》ちゃんたちが『お話《はなし》ばあちゃん』のこと教《おし》えてくれたんだ」

勝《まさる》くんが言《い》いました。

「おやおや、いつの間《ま》にか『お話《はなし》ばあちゃん』になったんだね。勝《まさる》くんの歓迎《かんげい》に今日《きょう》はとっておきの話《はなし》をしてあげようかねえ」

「パチパチパチパチ」

勝《まさる》くん、由美《ゆみ》ちゃん、はるかちゃんはいっせいに手《て》をたたきました。

「ばあちゃんには、忘《わす》れられない匂《にお》いがあってね。それは熟《じゅく》した柿《かき》の実《み》のつぶれた匂《にお》い……。その匂《にお》いをかぐと、むかし昔《むかし》の、子《こ》どものころのお祭《まつ》りを思《おも》いだすのさ。

テレビもなければ、ラジオだって持《も》っている家《いえ》はあまりなかったころのことさ、お祭《まつ》りは大人《おとな》も子《こ》どもも一番《いちばん》の楽《たの》しみでねえ。お祭《まつ》りの日《ひ》が待《ま》ちきれなかった。学校《がっこう》に行《い》ってもここんところがうきうきしてね。勉強《べんきょう》どころじゃないのさ」

ばあちゃんは胸《むね》をさすりながら言《い》いました。

「祭《まつ》りが近《ちか》づくと、父《とう》さんたちは神社《じんじゃ》の掃除《そうじ》をしたり、のぼりの用意《ようい》をしたり、稲《いね》の切《き》り株《かぶ》だらけの田《た》んぼを『しばい小屋《ごや》』に変身《へんしん》させるんだよ。お祭《まつ》りの日《ひ》

八　お祭りの匂い

には村《むら》で役者《やくしゃ》さんを呼《よ》んでそこでしばいをやった。白《しろ》いテントで囲《かこ》った小屋《こや》の中《なか》には舞台《ぶたい》（ステージ）があってね、その前《まえ》にはたくさんのござが敷《し》いてあった。そこに座《すわ》って弁当《べんとう》やお菓子《かし》を食《た》べながらしばいを見《み》るの」

「しばいって何《なに》？」

「ほら、赤《あか》や黒《くろ》に金《きん》や銀《ぎん》のぴかぴかの衣《い》しょうを着《き》て、白《しろ》い顔《かお》のお姫《ひめ》さまやひげだらけの……」

「ああわかった。歌舞伎《かぶき》のようなものでしょう？」

「そうだねえ。歌舞伎《かぶき》のようなものだねえ。そのしばい小屋《ごや》ができると、祭《まつ》りはもうすぐ。

そのころになると学校《がっこう》の坂《さか》の入《い》り口《ぐち》に、大《おお》きな白《しろ》いのぼりが二本《にほん》立《た》ってね。そののぼり旗《ばた》が風《かぜ》ではたはた音《おと》をたてるのさ。旗《はた》が『お祭《まつ》りだぞー』『お祭《まつ》りだぞー』って言《い》ってるようでカバンを背負《せお》ったまま旗《はた》の回《まわ》りをみんなで跳《は》ね回《まわ》ったねえ。

家《いえ》の中《なか》だっていつもと違《ちが》って、こぶや里芋《さといも》や人参《にんじん》や、はすの煮《に》しめがおはちいっぱい作《つく》ってあってね。こんなごっそう（ごちそう）はめったにないさね。お祭《まつ》りはよかった」

ばあちゃんは遠《とお》くを見《み》ながらなつかしそうに言《い》いました。

「ぽんぽんぽーんと打《う》ち上《あ》げ花火《はなび》が上《あ》がる。『お祭《まつ》りだぞー！』ぽんぽんぽーん『お祭《まつ》りだぞー！』と花火《はなび》は空《そら》から声《こえ》をかけてきた。祭《まつ》りの日《ひ》、学校《がっこう》はすぐに帰《かえ》してくれる。休《やす》みの日《ひ》と同《おな》じだ。一年《いちねん》に一度《いちど》のお祭《まつ》りだものねえ」

「そーれ」ばあちゃんはかけ声《ごえ》をかけると、ひざを叩《たた》きながら調子《ちょうし》をとって歌《うた》いはじめました。

♪村《むら》の鎮守《ちんじゅ》の神様《かみさま》の　今日《きょう》はめでたいお祭《まつ》り日《び》
ドンドンヒャララ　ドンヒャララ
ドンドンヒャララ　ドンヒャララ

八　お祭りの匂い

朝《あさ》から聞《き》こえる笛《ふえ》たいこ
年《とし》も豊年満作《ほうねんまんさく》で　村《むら》は総出《そうで》のおお祭《まつ》り
ドンドンヒャララ　ドンヒャララ
ドンドンヒャララ　ドンヒャララ
夜までにぎわう　宮《みや》の森《もり》

（文部省唱歌《もんぶしょうしょうか》）

「秋《あき》の祭《まつ》りは田《た》や畑《はたけ》の作物《さくもつ》がよく育《そだ》って、たくさん穫《と》れたことを、村中《むらじゅう》の人《ひと》がよろこんで神様《かみさま》にかんしゃをしているんだねえ。ほんとに歌《うた》のとおりでね、じっとしておれなかったねえ。

駅《えき》のうらての山奥《やまおく》の神社《じんじゃ》に祀《まつ》られている鎮守《ちんじゅ》の神様《かみさま》が、祭《まつ》りの日《ひ》には上本庄《かみはんじょう》（地名《ちめい》）の神社《じんじゃ》にお渡《わた》りになる。たくさんのお供《とも》を連《つ》れて一《いち》キロほどの旅行《りょこう》をされるわけだ。ずいぶん長《なが》い行列《ぎょうれつ》だと思《おも》ったけど、どれくらいの長《なが》さだったたのかねえ。

　白《しろ》い着物《きもの》のお供《とも》のあとに、黒《くろ》い烏帽子《えぼし》をかぶり白《しろ》い馬《うま》に乗《の》った神主《かんぬし》さまが続《つづ》き、そのあと神輿《みこし》が続《つづ》いた。神輿《みこし》がくると、道端《みちばた》で行列《ぎょうれつ》を見《み》ていた人《ひと》はパンパンと手《て》をたたいて拝《おが》んだ。子《こ》どもたちもパンパンと大人《おとな》のまねをして拝《おが》んだものよ。神輿《みこし》のあとに小《ちい》さい子《こ》どもや大人《おとな》のお供《とも》が続《つづ》いていた。神輿《みこし》には神様《かみさま》がお入《はい》りになっているんだね。

　みんな早《はや》くから往還《おうかん》（道《みち》）に並《なら》んで、行列《ぎょうれつ》のくるのを待《ま》った。神様《かみさま》は上本庄《かみほんじょう》の神社《じんじゃ》で一晩《ひとばん》お休《やす》みになる。つぎの日《ひ》は駅《えき》のうらての山奥《やまおく》の神社《じんじゃ》にお帰《かえ》りになる」

「僕《ぼく》らの町《まち》の氷川《ひかわ》さまのお祭《まつ》りとよくにているよなあ。由美《ゆみ》ちゃん！」

「お神輿《みこし》だの行列《ぎょうれつ》なんか、パパの田舎《いなか》のお祭《まつ》りとわたしの町《まち》のお祭《まつ》りと似《に》ているけど、何《なん》となく違《ちが》うのよねえ」

「ところが、ところが、この行列《ぎょうれつ》には鬼《おに》がいてね。

どうかね、勝《まさる》くんの町《まち》のお祭《まつ》りでも鬼《おに》はいるかい？」

「ううん。鬼《おに》なんていないや」

「鬼《おに》には角《つの》や牙《きば》が生《は》えているし、目《め》は釣《つ》り上《あ》がっている。頭《あたま》や口《くち》のまわりにゃ、もじゃもじゃの毛《け》がいっぱい。鬼《おに》は赤鬼《あかおに》の時《とき》もあったし青鬼《あおおに》の時《とき》もあった。一《いち》枚歯《まいば》の高《たか》い下駄《げた》を履《は》いているんだよ。手《て》には太《ふと》い棒《ぼう》を持《も》っている。『悪《わる》い奴《やつ》はいないか』って、あちこち見《み》ながら、のっし、のっし歩《ある》くんだ。見《み》ただけでも恐《こわ》かった。その鬼《おに》がときどき列《れつ》を離《はな》れて、みんなの並《なら》んでいるところにやってくるのさ。近《ちか》くまで来《く》ると、急《きゅう》に両方《りょうほう》の手《て》をあげてうなる。『食《く》ってしまうぞ！』って言《い》ってるんだねえ。恐《こわ》いってもんじゃない。みんな必死《ひっし》で逃《に》げたさ。そうそう、あの時《とき》いやーな予感《よかん》がしたさ。顔《かお》を上《あ》げたばあちゃんの目《め》と鬼《おに》の目《め》がかち合《あ》ったのさ」

「それでどうなったの？」

由美《ゆみ》ちゃんも勝《まさる》くんもはるかちゃんも体《からだ》を乗《の》り出《だ》して、ばあちゃんの答《こた》えを待《ま》ちます。

「とっさにばあちゃんは後《うし》ろを向《む》いて逃《に》げ出《だ》したよ。やっぱり鬼《おに》はばあちゃんをめがけて追《お》っかけてきた。ばあちゃんは逃《に》げた逃《に》げた―必死《ひっし》で逃《に》げた。でもな、とうとう追《お》い詰《つ》められてしまってね。もうだめだと観念《かんねん》したばあちゃんは、土間《どま》の入《い》り口《ぐち》にたてかけてあったかごの中《なか》に柿《かき》が入《はい》っているのを見《み》た。よその家《いえ》のものなのに、そんなことはかまっちゃおれない、鬼《おに》をめがけてつぎつぎに投《な》げ付《つ》けた。そこにあった棒《ぼう》切《き》れや竹《たけ》切《き》れもいっしょに投《な》げつけた。やっとのことで鬼《おに》は逃《に》げていったよ。

手《て》はつぶれた柿《かき》でべちょべちょだったねえ。かいでみると、ぷんぷんとおいしそうな匂《にお》いがした。こんな出来事《できごと》があったからかねえ、柿《かき》の匂《にお》いでお祭《まつ》りを思《おも》い出《だ》すんだよ」

「今《いま》でも鬼《おに》の出《で》るお祭《まつ》りは続《つづ》いているの？」

「鬼《おに》に追《お》っかけられた祭《まつ》りは、ばあちゃんが四年生《よねんせい》のころだったのかなあ。その翌年戦争《よくとしせんそう》がはじまると『しばい小屋《ごや》』も、祭《まつ》りののぼりも見《み》なくなった。いつの間《ま》にか行列《ぎょうれつ》もなくなってしまった。お祭《まつ》りどころじゃなくなったんだねえ。それに神輿《みこし》をかつぐ男《おとこ》の人《ひと》もいなくなったんだねえ。今《いま》はあちこちの村《むら》や町《まち》でお祭《まつ》りがにぎやかで、いい時代《じだい》になったねえ」

「ばあちゃんの田舎《いなか》、今《いま》もお祭《まつ》りやっているの」

「さあどうだかね、少《すこ》しも話《はなし》に聞《き》かないねえ。若《わか》い人《ひと》がどんどん都会《とかい》に出《で》るようになったから、どうだろうねえ」

九　いのこさま

「ゲームがそんなにおもしろいかねえ。気《き》がしれないねえ」

ぴこぴこぴこと、夢中《むちゅう》でゲームをやっている健《けん》ちゃんに、ばあちゃんは声《こえ》をかけました。よし子《こ》ちゃんも、幸子《さちこ》ねえちゃんも、いっしょになってぴこぴこやっています。

「ばあちゃんの子《こ》どものころ、冬《ふゆ》の夜《よる》はなにをしてすごしていたんですか。テレビだってなかったんでしょう」

ママがたずねました。

「そうだねえ、なにをしていただろうねえ？　遠《とお》い昔《むかし》のことで思《おも》い出《だ》せないねえ」

ばあちゃんは思《おも》い出《だ》そうと頭《あたま》を右《みぎ》や左《ひだり》にかしげました。

「本《ほん》を読《よ》んだり、お手玉《てだま》やったり。そうそうお手玉《てだま》は夢中《むちゅう》でやったねえ。学校《がっこう》の遊《あそ》び時間《じかん》が短《みじか》すぎてね。夜《よる》まで練習《れんしゅう》したものさ」

「ママはどうだった」

「ええ、ええ。ママもお手玉《てだま》には夢中《むちゅう》でしたよ。お手玉《てだま》の歌《うた》があってねえ、歌《うた》にあわせてお手玉《てだま》をとるのよ。ねえ、おばあちゃんそうでしたよね」

「そうだったねえ。♪三井寺《みいでら》のかねの音《ね》　すみわたる夕暮《ゆうぐ》れ〜って、いい歌《うた》だったけどそこからさきは確《たし》かでないよ。ママ覚《おぼ》えているかい？」

「♪一人立《ひとりた》てる唐崎《からさき》の老松《おいまつ》〜、これしかママも思《おも》い出《だ》せないわ」

「……」

「……」

「お手玉《てだま》ってそんなにおもしろかったの？」

よし子《こ》ちゃんも幸子《さちこ》ねえちゃんもふしぎに思《おも》いました。

「お手玉《てだま》を両手《りょうて》であやつってね。目《め》の前《まえ》でだよ。それも二《ふた》つから始《はじ》めて、うでが上《あ》がると三《みっ》つ、四《よっ》つとお手玉《てだま》の数《かず》がふえるのさ」

「そうでしたね。まるで手品《てじな》のようでしたね。それに歌《うた》のとちゅうでお手玉《てだま》を落《お》としてしまったら、最初《さいしょ》からやり直《なお》しになるのね」

「ママやってみせて……」

「もうむりねえ。できないわ」

「じゃあ男《おとこ》の子《こ》はなにしていたの」

「……」

「そういえば、ばあちゃんの子《こ》どものころ、『いのこさま』っていうのがあったねえ。

えらく寒《さむ》かったので冬《ふゆ》だったたと思《おも》う。お祭《まつ》りなのに、女《おんな》の子《こ》は入《い》れてくれない。男《おとこ》の子《こ》ばかりのお祭《まつ》りでね。今《いま》だったら考《かんが》えられないよねえ」

男《おとこ》の子《こ》だけの祭《まつ》りと聞《き》いた健《けん》ちゃんは、ばあちゃんの話《はなし》に興味《きょうみ》をもちました。

「『いのこさま』は田《た》の神様《かみさま》でね。ばあちゃんの家《いえ》に続《つづ》いた田《た》んぼの中《なか》に、ちょっと小高《こだか》くなったところがあって、そこに神社《じんじゃ》があった。神社《じんじゃ》は小《ちい》さいながらもせまい境内《けいだい》もあり、石段《いしだん》も、石《いし》のとりいもあってりっぱなものだったよ。『いのこさま』の日《ひ》、薄暗《うすぐら》くなると男《おとこ》の子《こ》たちがその神社《じんじゃ》に、一人二人《ひとりふたり》と集《あつ》まってくる。

みんなが集《あつ》まったころ、世話《せわ》やきのおじさんがやってくる。男《おとこ》の子《こ》たちはしばらくおじさんの話《はなし》を聞《き》いていて、そのうち急《きゅう》にこんな歌《うた》が始《はじ》まるのさ」

ばあちゃんは手《て》をたたきながら、しわがれた声《こえ》で歌《うた》いはじめました。

♪いいのこ　いのこ（亥《い》の子《こ》　亥《い》の子《こ》）
いのこさまを　ねんずれば（亥《い》の子《こ》さまにお願《ねが》いすれば）
いえはさかえて　ふくのかみ（家《いえ》は栄《さか》えて　福《ふく》の神《かみ》）
さんよ　さんよ（めでたいことだ、めでたいことだ）

これの　やしきは　よいやしき（ここの家《いえ》はよい家《いえ》だ）
みなみあがりの　きたさがり（南側《みなみがわ》が高《たか》くなっていて、北側《きたがわ》が低《ひく》くなっている）
つると　かめとが　まいこんで（だから、鶴《つる》と亀《かめ》とが舞《ま》い込《こ》んでくるよ）
さんよ　さんよ（めでたいことだ、めでたいことだ）

「まだ続《つづ》いていたようだったけど、思《おも》い出《だ》せないねえ。なにを言《い》っているんだか、そのころはちっとも意味《いみ》がわからなかったけど、楽《たの》しくなるような節回《ふしまわ》し（メロディー）だったよ。男《おとこ》の子《こ》たちは体《からだ》をゆらせて気持《きも》ちよさそうに歌《うた》っていたなあ。

大《おお》きくなってからわかったんだけど、この歌《うた》っておめでたい歌《うた》なんだねえ。

鶴《つる》と亀《かめ》とが舞《ま》い込《こ》んでくるなんて、縁起《えんぎ》のいい言葉《ことば》がたくさんあるよねえ。

歌《うた》が『さんよ、さんよ、さんよ』のところになると、中《なか》のほうの四人《よにん》ほどの男《おとこ》の子《こ》が、『さんよ、さんよ』のかけ声《ごえ》にあわせて、なわひもでくくり付《つ》けた石《いし》を地面《じめん》にたたきつけるんだよ。石《いし》の大《おお》きさは直径三十《ちょっけいさんじっ》センチもあったかなあ。白《しろ》っぽい石《いし》でね。回《まわ》りに溝《みぞ》がほってあって、溝《みぞ》を太《ふと》い針金《はりがね》で巻《ま》いてあった。その針金《はりがね》に鉄《てつ》の丸《まる》い輪《わ》っかが四個《よんこ》ほどついていてね、その輪《わ》っかに太《ふと》いなわひもがくくり付《つ》けてあったんだねえ」

「そんなことをするのに、たくさんの男《おとこ》の子《こ》が集《あつ》まったの？」

幸子《さちこ》ねえちゃんが聞《き》きました。

「いやいや、歌《うた》う者《もの》と石《いし》をたたきつける者《もの》は交替《こうたい》していたねえ。どの子《こ》も一役《ひとやく》はたしていたわけだね。石《いし》は一《いち》メートルほど上《うえ》へふり上《あ》げるんだよ、交替《こうたい》しなきゃあ、無理《むり》だよねえ」

健《けん》ちゃんも幸子《さちこ》ねえちゃんも、四人《よにん》の男《おとこ》の子《こ》たちが「セーノ」と、ひものついた石《いし》を力《ちから》いっぱいふり下《お》ろしているありさまを想像《そうぞう》しました。穴《あな》があいたかなと見守《みまも》っている周《まわ》りの男《おとこ》の子《こ》の輪《わ》も想像《そうぞう》しました。そして（へんなの）と思《おも》いました。

「ばあちゃんは、女《おんな》の子《こ》だから仲間《なかま》には入《はい》れないだろう。毎年家《まいとしいえ》の窓《まど》から見《み》ているだけ。

翌朝神社《よくあさじんじゃ》にいってみると、たたきつけられた地面《じめん》はそこだけへこんでいる。へこみはいつも四《よっ》つあったねえ。なぜ四《よっ》つついたのかわからずじまいだけど、東西南北《とうざいなんぼく》の家々《いえいえ》に向《む》かって家内安全《かないあんぜん》を祈《いの》ったのかもしれないねえ」

「ただの遊《あそ》びじゃなかったんですねえ」

ママは感心《かんしん》したように言《い》いました。

「神社《じんじゃ》での式《しき》が終《お》わると、ぞろぞろと地域《ちいき》に出《で》かける。ちょっとした男《おとこ》の子《こ》の集団《しゅうだん》さ。

ばあちゃんの家《いえ》は神社《じんじゃ》のとなりだったから一番先《いちばんさき》にやってきた。たしかちょうちんをつけていたと思《おも》うねえ。それともかいちゅう電灯《でんとう》だったかなあ。あたりは暗《くら》くなっていたからねえ。ばあちゃんはいつも隠《かく》れて、そっと見《み》ていた。

歌《うた》が『さんよ、さんよ』となると、石《いし》をたたきつける。終《お》わると、母《かあ》さんは『ごくろうさんだったねえ』と言《い》いながら紙《かみ》につつんだものを渡《わた》していた。そのあと、男《おとこ》の子《こ》の集団《しゅうだん》はとなりの家《いえ》に移《うつ》っていった。

次《つぎ》の日《ひ》見《み》ると、へこみは一《ひと》つしかなかった。女《おんな》の子《こ》は、このへこみをまたいだり、ふんだりしたらばちがあたると言《い》われて、しばらく気《き》をつかったものさ。

『いのこさま』はきっと女《おんな》の子《こ》がきらいなんだと思《おも》ったものさ。

『いのこさま』は地域《ちいき》の家々《いえいえ》をぜーんぶ回《まわ》る。なんけんぐらいあったんだろうねえ。男《おとこ》の子《こ》たちは、だれのうちにも福《ふく》の神様《かみさま》がやってくるようにがんばったんだねえ」

「『いのこさま』って、一晩中《ひとばんじゅう》やっているの？」

健《けん》ちゃんは気《き》になるようです。

「何時《なんじ》ごろ終《お》わったんだろうねえ。男《おとこ》の子《こ》たちだけのお祭《まつ》りだから何《なに》もわからないねえ。ばあちゃんの寝《ね》る時間《じかん》になっても、兄《にい》ちゃんや弟《おとうと》が帰《かえ》ってこなかったから、きっと遅《おそ》くまでやったんだねえ。もらったおだちん？　お菓子《かし》だったのかねえ。お金《かね》だったのかねえ。きっとみんなで分《わ》けたんだろうねえ」

「いいなあー」

「ところで石《いし》は『いのこ石《いし》』と言《い》ってな、仕事《しごと》を終《お》えた田《た》の神様《かみさま》が、石《いし》におりてきて家《いえ》に帰《かえ》ってくるんだって。だからふんだりまたいだりしちゃいけなかったんだねえ」

「『いのこ祭《まつ》り』があったら、ぼくだって夜遅《よるおそ》くまで『いのこ、いのこ』ってやってるよ！」

「健太《けんた》は元気《げんき》がいいから、大《おお》きな穴《あな》がほれるかもね」幸子《さちこ》ねえちゃんが言《い》いました。

十

若宮《わかみや》ん市《いち》

十　若宮ん市

「南《みなみ》の方《ほう》の国《くに》は暖《あたた》かいって言《い》うけど、冬《ふゆ》はやっぱり寒《さむ》かったねえ。ばあちゃんの子《こ》どものころは今《いま》のようにストーブや電気《でんき》ごたつなんてものはなかったからねえ。

『子《こ》どもは風《かぜ》の子《こ》』なんだ。寒《さむ》い日《ひ》も外《そと》で遊《あそ》んだもんだよ。冬《ふゆ》の楽《たの》しみはいろいろだけど、十二月《じゅうにがつ》の若宮《わかみや》さま（八幡社《はちまんしゃ》）の祭《まつ》りは待《ま》ちきれなかったねえ。『若宮《わかみや》ん市《いち》』って言《い》ってねえ……。となり町《まち》のお祭《まつ》りだったせいか、遠《とお》くにあるふしぎな国《くに》の祭《まつ》りに思《おも》えてならなかったよ」

「クリスマスより待《ま》ちどおしかったの？」

まあちゃんが聞《き》きました。去年《きょねん》のクリスマス、まあちゃんはサンタさんからピンク色《いろ》のマフラーをもらったのです。だいすきなスヌーピーのししゅうがついていました。いぜんからまあちゃんがほしかったマフラーでした。まあちゃんの待《ま》ちどおしい十二月《じゅうにがつ》は、クリスマスなのです。

「わたしたちはクリスマスって待《ま》ちどおしいよねえ」

みっちゃんも、よし子《こ》ちゃんも、「おんなじよ」と言《い》うように大《おお》きくうなずきました。

「ばあちゃんの子《こ》どものころにはクリスマスなんてなかった。比《くら》べようがないけど、若宮《わかみや》ん市《いち》が近《ちか》づくと村《むら》や町《まち》のあちこちから、冷《つめ》たい空気《くうき》をおしわけてふしぎな風《かぜ》がおしよせてくる。そんな感《かん》じだったねえ。ぼんやりしていても、あっ若宮《わかみや》ん市《いち》だ！　とすぐわかった。

ウンモーウ、ウンモーウって鳴《な》きながら、牛《うし》や馬《うま》が毎日《まいにち》のように村《むら》の往還《おうかん》（道《みち》）を通《とお》るようになるのさ。若宮《わかみや》ん市《いち》には牛馬市《ぎゅうばいち》も開《ひら》かれていたからねえ」

「牛馬市《ぎゅうばいち》ってなに？」

「市場《いちば》って知《し》ってるだろう。牛馬市《ぎゅうばいち》は牛《うし》や馬《うま》を集《あつ》めて、牛《うし》や馬《うま》を買《か》ったり、売《う》ったりする市《いち》なんだね。

ばあちゃんも、大人《おとな》になってから知《し》ったんだけど、この牛馬市《ぎゅうばいち》はね、日本三大牛馬市《にほんさんだいぎゅうばいち》の一《ひと》つだったんだそうな。日本《にほん》のあちこちから集《あつ》められた牛《うし》や馬《うま》は多《おお》いときには二千頭《にせんとう》も運《はこ》ばれて来《き》たんだそうな。大《おお》きな市《いち》だったんだねえ。そういえばお宮《みや》から離《はな》れたところに、牛《うし》や馬《うま》がさくにつながれて集《あつ》められていた。終《お》わりが見《み》えんくらい牛《うし》や馬《うま》がいたねえ。

ここにもお祭《まつ》りのように人《ひと》が集《あつ》まっていてね。手《て》ぬぐいのほおかぶりをして、今《いま》のオーバーのような服《ふく》を着《き》たおじさんが、たき火《び》の周《まわ》りでしゃべっていたねえ。女《おんな》や子《こ》どもはあまり近寄《ちかよ》らなかったけど、うどんやおでんの店《みせ》がたくさんあった。

ウンモーウ、ウンモーウって鳴《な》きながら、牛《うし》や馬《うま》が毎日《まいにち》のように村《むら》の往還《おうかん》を通《とお》ったって言《い》っただろう。それはね、遠《とお》くから貨車《かしゃ》で運《はこ》ばれてきた牛《うし》や馬《うま》は、杵築《きつき》の駅《えき》から市《いち》の立《た》つ町《まち》の広場《ひろば》まで人《ひと》が運《はこ》んだからなんだ。牛《うし》や馬《うま》に綱《つな》をつけて人《ひと》が付《つ》きそって広場《ひろば》まで運《はこ》んだのさ。五《ご》キロはあったろうねえ。牛《うし》はしょっちゅうもぐもぐと口《くち》をうごかして、よだれをたらしていた。ときどき思《おも》い出《だ》したようにウンモー、ウンモー、と鳴《な》いた。

悲《かな》しそうな鳴《な》き声《ごえ》だったねえ。馬《うま》はたまにヒヒーン、ヒヒーンといななきながら引《ひ》っ張《ぱ》られていったねえ。馬《うま》のはく息《いき》が白《しろ》かったよ。きっと寒《さむ》い朝《あさ》だったんだろうねえ」

ばあちゃんは目《め》を閉《と》じました。昔《むかし》の事《こと》をなつかしんでいるようです。

「牛《うし》や馬《うま》は驚《おどろ》くと暴《あば》れるんだよ。一頭暴《いっとうあば》れると移《うつ》っていくんだねえ。牛《うし》に引《ひ》っ張《ぱ》られてふっ飛《と》んでいく人《ひと》を見《み》たこともあったよ。時間《じかん》がたって、牛《うし》や馬《うま》の一団体《いちだんたい》が通《とお》り過《す》ぎた後《あと》、見事《みごと》な糞《ふん》のおみやげがあった。これがいい肥《こ》やしになるのさ。農家《のうか》の人《ひと》はかき集《あつ》めて持《も》っていったものさ」

「そんなたくさんの牛《うし》や馬《うま》の行列《ぎょうれつ》、見《み》たいなあ。ばあちゃん今《いま》でも市《いち》はやっているの」

十　若宮ん市

「えっ、今《いま》も開《ひら》いているのかって！　そういえばみっちゃんは馬《うま》がだいすきだったね。

おそらくもう市《いち》は立《た》たなくなっているだろうよ。耕耘機《こううんき》が牛《うし》や馬《うま》の代《か》わりをするようになったからねえ。牛《うし》や馬《うま》の必要《ひつよう》がなくなってきたんだねえ。牛《うし》や馬《うま》の行列《ぎょうれつ》をみんなにも見《み》せてあげたいけどねえ」

「そうそう、若宮《わかみや》ん市《いち》で忘《わす》れられないのは見《み》せ物《もの》小屋《ごや》のこと。珍《めずら》しいものや大人《おとな》や子《こ》どものほしいものがたくさんぶらさがっている中《なか》に、白《しろ》いテント小屋《ごや》があってね。早々《はやばや》と祭《まつ》りに行《い》った子《こ》が翌日学校《よくじつがっこう》で宣伝《せんでん》するんだねえ。テント小屋《ごや》の中《なか》には気味《きみ》の悪《わる》い生《い》きものや、お化《ば》けがいるってね。

子《こ》どもの足《あし》だと一時間半《いちじかんはん》はかかる町《まち》のお祭《まつ》りに、学校《がっこう》から帰《かえ》っておおいそいで行《い》ってみると、鉢巻《はちま》きをしたおじさんがお客《きゃく》を呼《よ》びこんでいる。『親《おや》の因果《いんが》が子《こ》に報《むく》い………』って気味《きみ》の悪《わる》い節回《ふしまわ》しでね、首《くび》が天井《てんじょう》につくほど伸《の》びた女《おんな》の話《はなし》をするのさ。

『ろくろっ首《くび》』って言《い》ってね。ときどき幕《まく》をちょっとだけ上《うえ》に上《あ》げてね、中《なか》の様子《ようす》を見《み》せるのよ。お客《きゃく》を誘《さそ》うんだねえ。『ろくろっ首《くび》』は絵《え》にも大《おお》きく描《か》いてあってね。恐《こわ》いながらも一目《ひとめ》でもいいから本物《ほんもの》を見《み》たくてね。小屋《こや》の前《まえ》から離《はな》れられなかったねえ」

「そんな首《くび》の人《ひと》本当《ほんとう》にいるの？」

「ネッシーのようにどこかにひそんでいたの？」

「首《くび》だけが長《なが》いの？」

まあちゃんも、みっちゃんも、信《しん》じられないって言《い》うように、ばあちゃんにつぎつぎに聞《き》きます。

「ばあちゃんは『ろくろっ首《くび》』を見《み》たの？」

よし子《こ》ちゃんがばあちゃんに聞《き》きました。

「子《こ》どもの小《こ》づかいじゃ中《なか》に入《はい》れないいんだよ。お金《かね》がたりないんだよ」

「それでどうしたの？」

「ときどき幕《まく》を上《あ》げて中《なか》を見《み》せてくれるのを待《ま》ってるのさ」

「『ろくろっ首《くび》』の人《ひと》って本当《ほんとう》にいるの？」

「わかった！　だましているのよねえ。ばあちゃん」

「みっちゃんの言《い》うとおりだね。うそだとわかっていても見《み》たかったんだねえ」

次《つぎ》はお店《みせ》を見《み》て回《まわ》る。たくさん並《なら》んでいて、珍《めずら》しいものばかり。〝まり〟なんて大人《おとな》の頭《あたま》より大《おお》きくて、それにいろんな花《はな》の絵《え》がかいてあってね。きれいな色《いろ》のまりで、見《み》ただけでほしくなったねえ。女《おんな》の子《こ》たちはだれも買《か》ったものさ。つぎの日《ひ》は学校《がっこう》でまりつき遊《あそ》び。

歌《うた》に合《あ》わせてついたり、足《あし》の下《した》くぐらせたり」

「ばあちゃん、今《いま》でもできる？」

「そうさね、歌《うた》はどうにか覚《おぼ》えているよ」

♪あんたがた　どこさ　ひごさ
ひご　どこさ　くまもとさ
くまもと　どこさ　せんばさ
せんばやまには　たぬきがおってさ
それをりょうしが　てっぽうでうってさ
にてさ　くってさ　うまさのさっさ

「『うまさのさっさ』で股《また》の下《した》をくぐらせて、背中《せなか》でまりを受《う》け取《と》るのさ。みんなもやってるかい？」

「今《いま》、まりつきなんてはやらないよ。それに歌《うた》も……」

「まりつきなんて女《おんな》の子《こ》だけの遊《あそ》びじゃないよ。サッカーって言《い》ってね。ボールをけって遊《あそ》ぶの。投《な》げるんだったらドッジボールもあるよ」

「ばあちゃんの友《とも》だちで魔《ま》法使《ほうつか》いのようにまりつきの上手《じょうず》な人《ひと》がいてねえ」

「ばあちゃんは？」

「ばあちゃんはなにをやってもとろかったねえ。とろくっても楽《たの》しかった。あのころのきれいなまりはなくなったのかねえ、見《み》かけなくなったけど……」

「クリスマスも待《ま》ちどおしいけど、若宮《わかみや》ん市《いち》も楽《たの》しそう」

「楽《たの》しい気持《きも》ちがいろいろあって、何《なん》だかうきうきしてる。うまく言《い》えないけど」

「いいなあー。交通事故《こうつうじこ》だの塾《じゅく》だのどこかへ行《い》ったみたい」

まあちゃんも、みっちゃんも、よし子《こ》ちゃんも夢《ゆめ》を見《み》ているような気持《きも》ちがしました。

その時《とき》でした。ピシッピシッと音《おと》をさせて窓《まど》ガラスがゆれました。

「地震《じしん》だ！」

みっちゃんもまあちゃんもよし子《こ》ちゃんも、あわてて外《そと》に飛《と》び出《だ》しました。

犯人《はんにん》は飛行機《ひこうき》でした。

「ずいぶん低《ひく》く飛《と》んだんだわ！」

「おっこちたらたいへん……」

三人《さんにん》は遠《とお》くへ飛《と》んでいった飛行機《ひこうき》を見送《みおく》りました。

「やれやれ、何事《なにごと》がおこったんだね」

ばあちゃんものっそりと出《で》てきました。

「飛行機《ひこうき》なの。すごく低《ひく》く飛《と》んでいったわ」

「高《たか》いビルがあったらたいへんね」

まあちゃんとみっちゃんは顔《かお》を見合《みあわ》せて言《い》いました。

「戦争《せんそう》の時《とき》はこんなもんじゃなかったんだよ。すごい音《おと》をさせて、ひっきりなしに飛《と》んできて。それもぜーんぶ敵《てき》の飛行機《ひこうき》だからたいへんさ」

「この広《ひろ》いお空《そら》で戦争《せんそう》があったの？　こんなにきれいなお空《そら》なのに……。

そんな時《とき》、カラスやスズメたちはどうしていたの？」

まあちゃんはたくさんの飛行機《ひこうき》が、すごい音《おと》を立《た》て、飛《と》んでいく空《そら》を想像《そうぞう》することができません。

「敵《てき》の飛行機《ひこうき》はそんなにたくさん、なぜやってきたの？」

よし子《こ》ちゃんもふしぎに思《おも》いました。

（むりもないよなあー。小学校《しょうがっこう》の三年生《さんねんせい》だものなあー）ばあちゃんは思《おも》いました。

そして、この事《こと》は、「戦争《せんそう》を知《し》らない子《こ》どもたちにぜったいに話《はな》して聞《き》かせなければいけない」と思《おも》いました。

「いつか、敵《てき》の飛行機《ひこうき》がやってきたころのことを、たーんと、たーんと話《はな》してあげようなあ」

「やったあー。お友《とも》だちをたくさん連《つ》れてくるからね」

よし子《こ》ちゃんが大《おお》きい声《こえ》で言《い》いました。

「さんせい！」「さんせい！」

まあちゃんも、みっちゃんも、たくさん手《て》をたたきました。

おわりに

教職にあったころの話です。

子どもたちの間で小さなシャープペンシル集めが流行したことがありました。その頃だったと思います。商店の大型スーパー化に伴い、お客さんが自由に店内を回り商品を手にすることができるようになったのです。一つ百円のシャープペンシルを買うことは子どもにとっては大変なことです。そのうちスーパーマーケットで万引きをする子どもも出てきはじめました。

スーパーからの連絡を受けて三人の男の子を引取りにいきました。子どもたちの万引きの理由は、案の定シャープペンシルがほしい、でもお金がない、だれも見ていないから取ってこようということで、実行に移したようでした。ところがS君一人だけシャープペンシルを手にしていませんでした。S君もみなと同じようにシャープペンシルをつかもうとしたようです。でもシャープペンシルに手をのばしたとき、お母さんの顔が浮かんできて手を引っ込めてしまったと言うのです。

子どもたちは成長していく過程で、数えきれないほどの誘惑や心の葛藤に遭遇するでしょう。でもその一つひとつは成長への一里塚なのです。避けては通れません。

子どもが反社会的な行動の渕にいるとき、ふと自分の行為に気付き、立ち止まらせるのは何の力なのでしょうか。S君は日頃聞かされていた「人の物を取ってはいけない」「警察に連れていかれる」という言葉を思い出したからではありません。お母さんの顔を思い出したからでした。


「やってはいけないこと」、「なぜ……」それらを教えるのは学校や家庭だと思います。

S君の行為の奥深いところにこの教えは潜んでいたと思いますが、その知識がいざというときに無意識に呼びおこされ、〝ペンシルから手を引っ込める〟という行為となったのには多くの要素がからまっているのは確かですが、そこにいま一つ、「目に見えない力」と言いたい働きを感じるのです。その「目に見えない力」、それは人間の本性ともいうべき「感性」だと思うのです。

内在している知識と感性の融合を繰り返すことによって、子どもたちは自分の力で判断し、行動していくことのできる子どもへと徐々に成長していくのではないでしょうか。


子どもの心の泉に、豊かな感性が育つことを願ってこの本（「ばあちゃん、お話聞かせて(1)」）を書きました。

なお、本書の続き(2)として、「命」、「いじめ」など子どもたちが今抱えている問題について、(3)では「戦争」について書き、物語に登場する子どもたちと一緒に考えてみたいと思っております。

文芸社編集局の佐藤京子氏の適切なご意見の賜により楽しい本に仕上がりました。心から感謝申し上げます。

小山　矩子

著者プロフィール

小山 矩子（こやま のりこ）

1930年　大分県杵築市八坂に生まれる
大分大学大分師範学校卒業
東京都公立小学校教諭・同校長として40年間教職を務める
その間、全国女性校長会副会長として女性の地位向上に努める
退職後、東京都足立区立郷土博物館に勤務。足立区の東淵江・綾瀬・花畑・淵江・伊興を調査し「風土記」を執筆する。この作業を通じて歴史的な事物に興味を持つ
主な著書に「足尾銅山―小滝の里の物語」「サリーが家にやってきた～愛犬に振り回されて年忘れ」「ぼくらふるさと探検隊」「ほくろ―嵐に立ち向かった男」（文芸社刊）がある
東京都在住

川向こうのひみつ　ばあちゃん、お話聞かせて（1）

2004年 8 月15日　初版第 1 刷発行

著　者　小山 矩子
発行者　瓜谷 綱延
発行所　株式会社文芸社
〒160-0022　東京都新宿区新宿1－10－1
電話　03-5369-3060（編集）
03-5369-2299（販売）

印刷所　株式会社平河工業社

ISBN4-8355-7707-8 C8095